Georg Engel

Die Furcht vor dem Weibe

Georg Engel

Die Furcht vor dem Weibe

ISBN/EAN: 9783955631567

Auflage: 1

Erscheinungsjahr: 2013

Erscheinungsort: Bremen, Deutschland

Leseklassiker

Georg Engel

Die Furcht
vor dem Weibe

Roman

Erstes Buch

Motto

Mephisto:

Verachte nur Vernunft und Wissenschaft,
Des Menschen allerhöchste Kraft,
Laß nur in Blend- und Zauberwerken
Dich von dem Lügengeist bestärken,
So hab' ich Dich schon unbedingt.

Faust. Erster Teil.

Das dunkle Tor.

Nein, nein, nicht im Duell — das wäre zu wenig Freude für mich, zu wenig Lust. — Das Messer in seinen Hals, daß ich ihn fallen sehen könnte, an der Erde zucken, und mich daran ergötzen — das wäre das Rechte.

Er müßte auch dort an jenem Zaun liegen, an dem Gartenzaun, über den die dunklen Akazien herübernicken, genau so wie mein Weib, mein schönes Weib, das ich dort erstach.

Aber zu dieser Genugtuung werde ich nicht kommen.

Eingekerkert bin ich in dies enge Gemach, aus dem ich durch das einzige Fenster nur auf den Garten sehen kann, den die Kranken selbst bestellen. Ringsherum ist eine hohe Mauer gezogen, damit die Irren nicht entspringen können, die Irrsinnigen. Und unter diesen Bedauernswerten hält man mich — mich, den einzig Gesunden, der ich nur ein Mörder bin.

Wenn ich nur wüßte, warum man mir das nicht glauben will.

Es ist wahr, ich muß wohl in der Zeit meines Glanzes, als ich noch Universitätsprofessor und Literaturlehrer war, einen recht zahmen, höflichen Eindruck gemacht haben. Aber was will das sagen? Hat doch schon ein Affe einen Mord begangen, einen wirklichen Mord, für den man einen Unschuldigen geköpft hat. Und mir, gerade mir will man diese einzige schöne und gerechte Tat meines Lebens nicht zugestehen.

Der Professor Barkentin ist wahnsinnig geworden. Ein Jahr nach seiner Hochzeit. Aber er hat niemals sein Weib gemordet. — Das haben diese Menschen ausgesprengt, und darüber könnte ich wirklich noch einmal wahnsinnig werden.

Aber noch geb' ich's nicht auf; noch hoffe ich, daß man mir endlich glauben wird.

Zwar die listigsten Anschläge hat man ins Werk gesetzt, um mich von meiner angeblichen Wahnidee abzubringen. Neulich besuchte mich Professor Wächter, der berühmte Anstaltsdirektor.

Es ist merkwürdig, daß dieser Mensch mein Freund war, als ich noch ein Heim besaß. Wie oft hat er Lilli zum Gesang begleitet. Es war ein schönes Bild, diesen hochgewachsenen, breitschulterigen Mann mit dem bleichen Christusantlitz neben der schlanken, blonden Frau sitzen zu sehen.

Ob sie ihn auch betört hat?

Neulich besuchte er mich. Er drückte mir die Hand

und fragte, wie es mir ginge. Ich wollte mich über ihn lustig machen und gab vor, daß mir in den letzten Tagen ein Zweifel gekommen sei, ob ich wirklich die grausige Tat an meinem Weibe begangen. Er sah mich ernsthaft an, faßte mir den Puls, öffnete dann das Fenster und wandte sich nach einiger Zeit mit einem milden Lächeln auf seinem schönen Heiligenantlitz wieder zu mir.

„Sehen Sie, mein lieber Freund," sagte er, „so etwas Ähnliches habe ich schon die ganze letzte Woche erwartet. Zweifellos, es ist eine Besserung in Ihrem Zustand eingetreten. Wenn Sie sich nun noch hübsch brav verhalten, fleißig im Garten spazieren gehen werden und die kalten Duschen nicht aussetzen, die ich Ihnen verordnet, dann, glaube ich, werden Sie so weit sein, daß ich Ihnen in einigen Tagen den letzten Beweis liefern kann."

„Den letzten Beweis?" wiederholte ich mit großer Zuvorkommenheit und mußte innerlich darüber lachen, mit welch vollendeter Dummheit der berühmte Professor mit dem Christuskopf in meine Falle hineinging.

„Ja," entgegnete er, indem er mich vorsichtig mit den Augen maß. „Würden Sie wohl imstande sein, morgen den Besuch — aber, lieber Freund, jetzt nehmen Sie sich zusammen — den Besuch Ihrer Frau, Ihres wirklichen lebenden Weibes zu empfangen?"

Er schwieg plötzlich, als fürchte er, ein heftiges Auffahren von mir erwarten zu müssen. Ich aber, obwohl mir die Wut schon oben im Halse kochte, hielt mich unauffällig am Tische fest und antwortete mit einer leichten Verbeugung:

„Herr Professor, ich glaube, ich werde jetzt den Anblick ertragen."

Er trat auf mich zu, noch näher, und sah mir noch einmal scharf ins Gesicht.

Diese merkwürdigen schwarzen Augen haben etwas so seltsam Ausforschendes, so etwas bis in die Tiefen Dringendes, als könnten sie wie Parforce=Hunde auf die Gedanken Jagd machen, die hinter meiner Stirn lauern. In solchen Momenten könnte ich mich auf den Mann werfen und diesen Christus, der seine Kranken so martert, erdrosseln.

Aber ich nahm mich zusammen. Ich lächelte.

„Also auf morgen," schloß er bedeutsam und schritt, elegant und aufrecht wie immer, zur Tür. „Sie werden sich heute zeitig schlafen legen!"

Am nächsten Tage geschah das Ungeheuere wirklich. Dieser abgeschmackte, lächerliche Betrug, den sie mit mir aufführen. Mit mir, der ich doch kein

Irrer bin, sondern klüger als sie alle, mit mir, dem Mörder!

Gegen 10 Uhr vormittags — mein Wärter hatte gerade das Frühstück hinausgetragen — erschien Professor Wächter und forderte mich auf, an das Fenster zu treten. Er selbst stand neben mir und ließ mich keinen Moment aus dem Auge. Über die wohlgepflegten Kieswege des baumlosen, freien Platzes schritt an der Seite seines ersten Assistenten eine schlanke blonde Frauengestalt in schwarzer Kleidung dahin.

Das sollte Lilli sein, die tote Lilli, von der ich, gottlob, die Welt befreit.

Sie wandte keinen Blick nach dem Platze, wo ich verharrte. Natürlich nicht. Denn wenn ich die Züge dieser Dame hätte mustern können, die allerdings oberflächlich meinem Weibe glich, dann hätte ich ja sofort den plumpen Betrug durchschauen müssen. So aber glitt die Erscheinung gedankenschnell vorüber — haha, wahrscheinlich, um mich zu schonen. — Und Professor Wächter ergriff meine Hand und fragte teilnehmend: „Nun, lieber Freund, nicht wahr, jetzt sehen Sie ein, daß Ihre Gattin lebt und daß Sie selbst in all der Zeit nur krank, aber kein Verworfener waren!"

Da konnte ich mich nicht mehr halten.

Ich warf mich auf das Sofa und begann laut zu lachen, immer lauter und lauter, bis der Professor wohl merken mußte, daß ich seine lächerlichen Künste durchschaut hatte.

Dieser elende Komödiant!

Wieviel Mitleid, vortrefflich gespieltes Mitleid, lag um seinen bärtigen Mund, als er sich über das Sofa beugte, um mich aufzurichten. Dann flüsterte er wieder leise mit ein paar Assistenten, die mein Lachen in den Rahmen der Tür gelockt hatte. Wenige Minuten später war ich mit meinem Wärter allein.

Sie halten mich also wirklich und ausgemacht für wahnsinnig, daß sie sich ein solch freches Spiel mit mir zu treiben erlauben.

Und nur einen Beweis habe ich, nur einen einzigen, der sie von meiner Bluttat überzeugen wird — das Buch, das ich schreibe.

Man läßt es ungehindert geschehen; sie glauben wohl, ich würde ruhiger dabei und es diene zu meiner Unterhaltung.

So sitze ich oft stundenlang und schreibe, mein eigener Staatsanwalt, der die glänzende Anklagerede hält, die mich endlich auf das Schafott bringen muß.

„Wartet nur, wartet nur, ihr alle, wenn dieses Buch erst fertig sein wird!"

Gestört werde ich nicht viel.

Meine beiden Nachbarn rechts und links, diese armen, unglücklichen Geschöpfe, deren Verstand in der Irre geht, verhalten sich ruhig. Ich glaube, sie haben Respekt vor mir.

Der eine ist ein dicker, massiver Butterhändler mit groben, aufgedunsenen Gesichtszügen und einem fast ganz kahlen Kopfe. Der Ärmste — es ist lächerlich, daran zu denken — der Ärmste bildet sich ein, er sei der große Napoleon; eine entfernte Ähnlichkeit seiner Handschrift soll die Veranlassung zu dieser Wahnvorstellung gebildet haben. Er steht fast den ganzen Tag mit verschränkten Armen am Fenster und murmelt Befehle, die er seinen eingebildeten Marschällen zu geben vermeint. Die übrigen Kranken begrüßt er nicht, nur mich zeichnet er manchmal durch ein leichtes Reigen des Hauptes aus. Im Augenblick glaubt er, sich in der Gefangenschaft auf St. Helena zu befinden. Das teilte er mir neulich im Garten ganz ruhig und vernünftig mit.

Meine Nachbarin auf der anderen Seite ist die Frau eines Großkaufmanns, ein kleines, häßliches, schwarzhaariges Geschöpf, dem die Auszehrung in allen Gliedern steckt. Merkwürdig! Diese kleine Häßlichkeit hält sich für eine berühmte Kokotte, zu deren Füßen die bekanntesten Männer nicht allein unserer kleinen Seestadt, sondern des ganzen Landes geschmachtet hätten. Sie rechnet ihre Ehebrüche zu Hunderten.

Als ob es an einem nicht genug wäre!

Ja, es ist an einem genug. Übergenug. Nur daß sich nicht immer ein Rächer findet, so wie ich es war, wenn ich auch nur ein körperlich schwacher, verbrauchter Mensch bin.

Hört es! Hört es, alle! Ich bin ein Mörder! Ich will es sein!

Jetzt bin ich glücklich, jetzt bin ich froh!
Die Ketten klirren, es rauscht das Stroh.
Das Ende ist da, ich bin bereit,
Da tritt er herein im Henkerkleid
Und faßt mich an — der Tag, er graut,
Schon ist der Block draußen aufgebaut.
Gottlob! Jetzt ist es allen klar,
Daß ich in Wahrheit ein Mörder war;
Sie sitzen da — es war kein Wahn.
„Guten Morgen, ihr Herren! Ich hab's getan.
Jetzt glaubt ihr endlich, was ich verbrach,
Daß ich mit Lust mein Weib erstach.
Habt Dank, daß ihr das Werk mir glaubt,
Meine einzige Tat! — Hier, Henker, mein Haupt!"

Das Buch.

I.

Sonnenschein lag rings auf der Welt, in der kleinen Seestadt hörte man das ferne Rauschen des Meeres. Hoch in der blauen Luft schossen zwitschernd die Schwalben, und ich stand in dem kleinen eleganten Damenzimmer des alten gotischen Hauses am Markt, stand zwischen seidenen Möbeln, umhaucht von einem feinen Resebaduft, dem wundervollen blonden Mädchen gegenüber, das seine leuchtenden Augen auf den Schoß gesenkt hielt — da stand ich und zimmerte jauchzend an dem Riesenbau meines Unglücks.

Sie hielt ein Blatt weißen Papiers in der Hand, auf dem meine kleinen, kritzligen Buchstaben zu sehen waren; ihre Wangen röteten sich, ihre Lippen bewegten sich leise.

O, ihr vollen roten Frauenlippen, verflucht seid ihr! Verflucht! Ihr habt mich fortgelockt durch euer verwünschtes Flüstern und Stammeln von der ebenen Straße, auf der ich wandelte. Ihr habt mit eurem Hauch die Luft, die mir wie ein frischer Gruß nordischer Gottheiten erschien, vergiftet. Ihr habt in die reinen Quellen meiner Phantasie Pest hineingeatmet, stinkenden Unrat, mir mit eurer rötlich brennenden Glut den höchsten Schatz des Mannes ausgesogen, die Freude an seinem Beruf, bis ich mir selbst zum Ekel ward, eine Spottgeburt, verächtlich, unwürdig unter den andern, bis ich ward, was ich jetzt bin, ein ausgeworfenes Gerippe aus dem Meer des Lebens, ein Toter, ein Nichts.

O, ihr süßen, teuflischen Lippen, ich hänge wieder an euch, ich küsse euch wieder schüchtern und bebend wie das erstemal — dann aber trete ich schaudernd vor euch zurück und rufe über euch der Verwünschungen gräßlichste in die Ewigkeiten hinein. Verächtlich möge der Wurm, der jetzt diesen modernden Liebesboten naht, zurückkriechen, ein Abscheu allen Geschöpfen!

Und doch — ich liebte dich!

*

*

Sie hob ihre dunklen Augen zu mir empor.

Etwas wie staunende Verwunderung lag darin, wie wenn sie in mir ein Geschöpf aus einer höheren, ihr fremden Welt musterte.

„Ja, dies Gedicht fand ich in dem Buch, das Sie gestern bei mir zurückließen.‟

„Sie haben es gelesen?"

Sie schwieg einen Augenblick. Auf ihren Wangen entzündete sich ein wunderbar rosiger Schimmer, wie wenn die Frühsonne über unsere weiten Schneelandschaften dahinglimmert.

„Ja," sagte sie endlich fest.

Es entstand wieder eine süß-bange Stille zwischen uns. Ich sah über ihre blondglänzenden Haare durch das Fenster auf den alten Markt hinaus, über den die Sonnenfäden im Lichte dahinzogen.

Sie aber regte sich nicht. Sie war ganz versunken in das, was da vor ihr lag, in das, was ich gedacht.

Wahrlich, wahrlich, das war das Weib, das langersehnte, das unsichtbare Mächte für mich bestimmt hatten, daß es mich in meiner Wesenheit ergänzen und ausfüllen sollte.

Plötzlich stand sie auf und kehrte sich gegen mich.

Unter dem einfachen, schwarz anliegenden und doch so vornehmen Gewande hob sich ihre Brust. Das ganze Sein dieses seltsamen Geschöpfes schien sich in die Frage hineinzubannen, die es jetzt an mich richten wollte.

Ich stand vor ihr, als wurzelte ich nicht auf der Erde, sondern in dem fernen Nebelland, das meine

Phantasie, die Phantasie eines Dichters, durch Jahr=
zehnte geschaffen hatte.

„Wer ist dieses blonde Mädchen, von dem Sie in
Ihrem wunderschönen, ergreifenden Gedichte sprechen,
Herr Doktor?"

„Sie — Sie, Lilli!"

„Ich? Wirklich?"

Über das stolze weiße Antlitz ging wieder jenes
seltsame königliche Lächeln, das mich schon so oft in
Verwirrung gesetzt. Jenes merkwürdige Schwanken und
Bangen befiel mich wieder vor diesem Weibe, und
mich überkam das unsichere, unselige Gefühl, das alle
Männer wohl empfinden, die die Frauen nicht kennen,
nicht den Umgang mit ihnen, und die das Weib bis
jetzt nur erträumt und erlesen haben. Von diesen war
ich der unseligste.

„Und Sie reden mich in Ihrem Poem mit Fürstin,
ja, mit Königin an, Herr Doktor?" sagte sie noch
immer mit ihrer stolzen Haltung, aber doch mit einem
flüchtigen Lächeln. „O, nicht doch — nicht doch, mich,
die einfache Tochter des Großhändlers Karström, der
Sie in allem so unendlich überlegen sind? Ja, wissen
Sie, manchmal glaubte ich schon, daß diese Literatur=
stunden, die Sie mir seit meiner Rückkehr aus un=
begreiflicher Güte erteilen, heimlich für Sie eine Qual

18

sein müßten. Und nun — nein, es freut mich doch, es macht mich sehr stolz, jetzt huldigen Sie mir so rückhaltlos?"

Dabei schritt sie einmal rasch durch das kleine Gemach, aufrecht und majestätisch wie eines von den weißen Götterbildern, die man oben in der nordischen Hauptstadt gemeißelt.

Ich stand da, stumm, unbeweglich, mit sausenden, stürmenden Gedanken. Mir war es immerfort, als müßte ich vor dieser wandelnden Schönheit weinend und anbetend niederstürzen.

O, wäre ich doch nie aus der Zurückgezogenheit meiner Studierstube, aus dem Schatten meiner teuren Bücher herausgegangen!

Als sie wieder vor mir stehen blieb, lag auf dem stolzen Gesicht etwas wie eine stürmische Sehnsucht. Sie sah mich an, tief und forschend; ich konnte in ihren blitzenden blauen Augen mein eigenes Abbild erspähen.

Dann reichte sie mir mit einer gewissen Wildheit die Hand. Sie selbst war es, die mit starker Bewegung ihre Finger an meinen Mund führte.

Sie wollte geküßt sein.

Durch meine Glieder ging es wie ein Schlag. Ich fühlte sie an mir, immer näher, ein wildes, stürmisches Beben durchlief diesen schlanken Körper, sie neigte sich,

lehnte den Kopf mit den metallisch glänzenden, blon=
den Haaren an meine Brust und hob ihre leise geöff=
neten Lippen zu mir empor.

Da brach es über mich herein.

Glut, Feuerströme, Besinnungslosigkeit! Etwas wie
das höchste Glück, die wildeste Wehmut — aber dann,
mitten in all diesen zuckenden Blitzen, eine schreck=
hafte Vision.

Schon damals bei dem ersten, heiligen Kuß!

Ich sah meine Studierstube mit den alten Bücher=
gestellen, ich sah meine Mutter, die kleine, weiß=
haarige Frau, wie sie mit ihrem Bruder, dem alten
Kapitän Holm, in unserem gemütlichen Schifferheim
auf mich harrte, und empfand plötzlich eine irre, nicht
zu beschreibende Sehnsucht nach dieser Stille.

„Liebst du mich wirklich, Karl?" flüsterte die
bebende Stimme des schönen Weibes, das ich in den
Armen hielt. „Sag's mir, sonst vermag ich's kaum
zu glauben."

„Ja, ja, ich liebe dich! Nur dich! Lilli, du weißt
ja nicht, wie sehr alle meine Geister dieses ganze Jahr
über schon hinter dir herjagten. Durch alle meine
Arbeiten gaukelte deine Gestalt vor mir auf und ab;
ich fand keine Ruhe mehr, weder bei meiner Mutter,
noch bei meinen Hörern in der Universität. Wenn ich

20

ihnen von Werthers Lotte erzählte, sah ich dich, wenn ich ihnen im Faust jenes herrlich hingestreckte Trugbild eines Weibes erläuterte, dann warst du es, du, Lilli, nach der ich meine Arme ausstreckte, der alle meine Verse galten. Und nur eines ist mir unbegreiflich, wie du unter all den Landedelleuten und Offizieren, die dich, die gefeierte, wundersame Tochter des reichen Großhändlers, des Millionärs, umschwärmen, mich, den — ich weiß es — in allen Weltdingen so unerfahrenen, unbeholfenen Gelehrten erwählen konntest."

Da erhob sie sich, musterte mich wieder von Kopf bis zu Füßen und drohte mir mit einem diesmal wirklich glückseligen Lächeln.

„Du, du," sagte sie nur, „ich bin ja so stolz auf dich — auf dich, auf den ja wiederum unsere ganze Stadt stolz ist, du liebes gelehrtes Haupt, du!"

Sie lehnte sich wieder an mich und streichelte mit ihren kleinen Händen über meine dunklen Haare.

Wenn sie den Arm hob, entzückte mich diese statuarische Bewegung, die einen Bildhauer hätte begeistern können.

Und nun folgte eine Szene, deren schreckhafte Empfindung mir noch heute in peinlicher Erinnerung haftet.

Ich saß plötzlich in dem seidenen Fauteuil hinter dem roten Damastvorhang, der das alte gotische

Fenster umschloß, und hatte das schöne Weib auf meinen Knien. Die beiden herrlichen Arme lagen um meinen Hals, dieser wundersame knospende Busen eng an meiner Brust. Alles Liebe, schmelzende Hingabe, Sehnsucht, das ganze knisternde und prasselnde Feuer der Jugend, in dem die jungfräuliche Verschämtheit zu Asche brennt.

Und ich — ein eisiger Schrecken durchlief mich, durchrieselt mich noch heute, sticht mich wie spitze Schneenadeln. Ich saß da, verschüchtert, fremd vor dieser Glut. In meinen Träumen, in meiner Dichtung hatte ich mir das Weib phantastisch weißglänzend ausgemalt, meine trunkenen Sinne hatten ihr sehnsüchtig gehuldigt, und nun — was war das? Die Wirklichkeit erschreckte mich, betrog mich.

Ich wußte nichts zu erwidern. Mitten unter ihren Liebkosungen dachte ich, während mich dabei eine widerspruchsvolle, nagende Angst durchlief, an das Allerentlegenste, an einzelne meiner Studenten, an wertvolle Bücher, an längst entschwundene Worte meiner Mutter. Nur an das nicht, was mir hier so nahe fieberte und pulste.

Sie mußte es endlich merken. Verwundert hob sie den Kopf, ihre Lippen bewegten sich, als wollte sie etwas fragen, aber sie sprach es nicht aus.

22

Nie vergesse ich den seltsamen Ausdruck ihrer Augen, als sie mich in dieser schrecklichen Pause betrachtete. Dann erhob sie sich, ordnete sich das Haar und trat zum Fenster.

O, wie wunderbar ebenmäßig war diese Gestalt!

Sie bückte sich und hob das Blättchen Papier auf, das ihr vorhin entglitten, und auf dem mein Gedicht stand.

Rettung! Rettung!

Diese liebeglühenden Laute lenkten uns beide auf eine andere Bahn.

Sie hielt das kleine Blatt vor sich hin und las. Silberhell tönte ihre Stimme, langsam entzündete sie sich selbst an der Huldigung, die ihr dargebracht war, und die doch auch zugleich mein ganzes Unglück erläuterte.

Das Gedicht hieß:

Gebet.

O, Mahadö, guter Gott der Erde,
Der du in unendlichem Weben
Die Welt umfaßt,
Sie mit sprudelnder Werdekraft
Durchbringst und füllst,
So daß nichts ist außer dir
Und in dir,
Der du bewußt die Guten gut
Und die Schlechten schlecht bildetest,

23

Damit ein ewiger Wechsel sei
Und der Mensch strebe zur Vollendung,
Du gabst auch dem Manne das Weib — —
Das noch unbezwungene herrliche Weib,
Legtest es ihm in die Arme,
Damit es mit seinem Kuß
Alles Sanfte in ihm erwecke,
Mitleid mit seiner Schwäche
Und den tätigen Wunsch des Helfens.
Eine Saite aber
Deiner tausendtönigen Harfe
Zogst du dem Weib durch die Brust,
Damit dort wiederklinge,
Tief und empfunden,
Alles, was der Mann erschuf,
Ein zitternder Nachhall seiner Taten und Werke,
So daß er bei stiller Rast
Sich selber erlausche im Weib.

      *   *

Also dein ewig Gebot!
Warum nun, du erkennender, gütiger Gott,
Vergaßest du mich allein?
Warum fehlt mir
Die blinkende Herrscherkrone des Mannes.
Gerade mir?
Und warum funkelt sie blendend,
Ein schreckhaft-liebliches Diadem,
Auf den blonden Locken der Einen,
Der ich folgen muß unwiderruflich,
Ewig folgen und stumm
Mich beugen, geht sie vorüber.

      *

Fürstin, Königin, sprich zu mir
Ein einziges Wort!
Ein einziges!
Sprich, ob du bemerkt mich hast
In der Ecke,
Im tiefen Schatten,
Wenn du strahlend vorüberziehst,
Und unsichtbare Geister dir
Singend tragen die rauschende Schleppe.

    •   •

Rettung!

Als sie dies gelesen, entrang sich ihrer Brust ein Jauchzen, Bewunderung sprühte aus ihren Blicken, wir stürzten einander entgegen und hielten uns umschlungen. Eins aufgegangen in dem andern; das geistige Band, die Dichtung, hatte uns wieder aneinander gefesselt.

„Morgen sage ich alles meinem Vater," flüsterte sie.

„Und ich meiner Mutter, meiner lieben Mutter," entgegnete ich rasch.

Sie reichte mir wieder ihre Hand, wiederum führte ich sie an die Lippen; als sie meinen Kuß spürte, schloß sie die Augen.

Dann war ich draußen, ging über den Markt und wandte mich noch einmal zurück.

Nein, es war kein Traum; dort lag das alte gotische Haus, das ehrwürdige Bauwerk, das für mich und die

Gefährten meiner Knabenjahre stets den Gegenstand ehrwürdiger Bewunderung gebildet. Und oben an dem Fenster verharrte noch immer die herrliche Gestalt, die Tochter dieses fürstlichen Kaufmanns, die ich errungen hatte.

O, es war Licht in mir, Licht und Jubel. Wie ein Berauschter schritt ich nach Hause, um der kleinen Frau in dem traulichen Schifferheim mein Glück zu verkünden.

II.

„Also Lilli Karström ist es?" murmelte meine Mut=
ter halb vor sich hin.

Sie stand in ihrem alten, schwarzen Seidenkleide,
das Gebetbuch unter dem Arm, und ich half ihr, ein
türkisches Umschlagetuch zum Kirchgang um die Schul=
tern zu legen. Es war Sonntag, und die Glocken der
Marienkirche riefen laut durch die Stadt.

Über das ebene Gesicht der kleinen Frau lief kein
freudiges Aufleuchten, wie ich es erwartet hatte, sie
jubelte nicht, sie nahm mich nicht in die Arme, sie seg=
nete mich nicht. Ihr Geist schien nach der plötzlichen
Mitteilung seltsam unberührt zu bleiben.

Sie stand, knöpfte sich die schwarzen Seidenhand=
schuhe zu, und ihre treuen grauen Augen, die unermüd=
lich über meiner Kindheit gewacht, die mir jeden ver=
borgensten Wunsch aus der Seele gelesen, irrten an mir
vorüber und hefteten sich starr auf die Büchergestelle an
der Wand.

Mir kam plötzlich zum Bewußtsein, wie traulich
dieses alte Schifferheim war, wie sauber diese schma=
len, verrunzelten Hände es stets gehalten, wie zufrie=

27

den und ausgefüllt ich neben der kleinen Frau bisher gelebt hatte.

„Mutter," sagte ich plötzlich, um sie aufzuwecken.

„Mein lieber, lieber Junge," flüsterte sie in tiefem Nachdenken.

Mir wurde immer beklommener zumute, ganz deutlich erkannte ich die Gedanken meiner Mutter; sie dachte daran, daß ich mich durch meine Verlobung von allem Altgewohnten gelöst, daß eine Kluft auch zwischen uns beiden sich auftun könnte, und ob meine verwöhnte, sensible Natur auch fähig sei, sich all dem Fremden, das nun auf mich eindringen würde, anzupassen.

„Mutter," rief ich noch einmal angstvoll.

In diesem Augenblick war das königliche Mädchen aus dem gotischen Hause am Markt völlig vergessen. Es schien mir nur immerfort, als müßte ich einzig und allein von dieser alten Frau Verzeihung für irgendein begangenes Unrecht erbitten.

„Teilst du denn gar nicht meine Freude?" stammelte ich.

„O doch, Karling," antwortete sie jetzt schnell. „Es kam mir nur so plötzlich. Aber Gott wird dich segnen, und dein Vater im Himmel wird für dich bitten."

Dabei umfing sie mich, und — o, mir war so wohl in dieser Umarmung.

Über die Mutter kam jetzt eine ängstliche Hast. Sie ergriff meine Hand und musterte mich von allen Seiten, als wollte sie irgend etwas Neues an mir erspähen. „Ist sie nicht sehr stolz?" forschte sie, indem sie mir unsicher ins Gesicht blickte. „Wird sie sich auch in meinen kleinen Verhältnissen zurechtfinden können?"

„O — doch, Mutter — doch."

„Und hat sie dich lieb, Karl?" fragte sie nun, beinahe mit zitternder Furcht, und drückte mir krampfhaft die Hand.

„Hat sie dich lieb?"

Diese Unruhe teilte sich mir mit. War es nicht, als ob meine Mutter, meine beste Freundin, an der Neigung der anderen zweifelte?

Aber warum? warum?

Schien es wirklich so unmöglich, daß sich ein schönes Weib zu mir hingezogen fühlen konnte?

Eine gewisse Empfindlichkeit bemächtigte sich meiner. Ich weiß noch, daß ich Narr damals halb gekränkt meiner Mutter entgegnete: „Sei ruhig, Mutterchen, ich bin ganz überzeugt, daß Lilli mir sehr zugetan ist, ja, daß sie große Achtung für mich hegt."

„Große Achtung?“ wiederholte die kleine Frau lang= sam. Und dann kam hastig eine neue Frage:

„Ist sie gut, besinne dich, mein Jünging — ist sie wirklich gut?“

„Ja, ja, gut und edel.“

Ich log, sprach bewußt die Unwahrheit, um meine Mutter zu beruhigen. Denn ich wußte ja nichts von Lilli, hatte ihren innersten Charakter niemals ernsthaft geprüft. Nur schön war sie für mich gewesen, stolz, das herrliche Weib, das Trugbild aus der Hexenküche, das meine Sinne bezaubert, das mich unwiderstehlich aus meiner Gelehrtenstube fortgelockt.

„Dann ist schon viel gewonnen,“ flüsterte meine Mutter aufatmend, während sie ihr Gesangbuch an die Brust drückte, „wenn sie gut ist. — Nun mußt du mir sie bald bringen, deine Braut, deine liebe Braut. — Sieh, mir ist ja so weh ums Herz, mein Jünging.“

Ein paar große Tränen rannen über ihre schma= len Wangen. Und wieder war es mir, als hätte ich ein Unrecht, eine nie wieder gut zu machende Sünde in unser Häuschen getragen.

„Aber wir werden doch sehr glücklich werden, wir drei,“ tröstete ich die kleine Frau halb unbewußt, „nicht wahr?“

„Ja, ja — wir werden — sehr glücklich sein,“ sprach sie mir schnell nach.

Dann befreite sie sich von mir und schlug plötzlich ihr Gesangbuch nach.

Es war ein Aberglauben.

Bei allen wichtigen Gelegenheiten öffnete meine Mutter dieses Erbauungsbuch, und die erste Strophe, die ihr ins Auge fiel, hielt sie für eine Vorbedeutung, für schicksalverkündend, für eine göttliche Offenbarung.

Unwillkürlich bemächtigte sich auch meiner eine gewisse Spannung.

„Nun, Mutterchen?" fragte ich, näher tretend.

Sie hatte sich an meinem Schreibtisch niedergelassen. Jetzt schloß sie hastig den schwarzen Sammetdeckel.

„O, nichts," versetzte sie mit einem erzwungenen Lächeln auf ihrem guten Gesicht und vermied es, mich anzublicken. „Man kann daraus nichts entnehmen. — Nein, nein, wirklich nichts. — Du kannst ganz unbesorgt sein, mein Jüngling."

Damit erhob sie sich — immer eilig und ruckweise, als wenn sie sich zwänge, irgend etwas zu vergessen.

Ein Stäubchen befand sich auf meinem schwarzen Rock. Das wischte sie noch sorglich fort.

Dann ging sie und ließ mich allein.

* * *

Hier wurde ich unterbrochen.

Die Frau des Großhändlers in der Nebenzelle, die sich einbildet, eine Kokotte zu sein, will mich absichtlich stören. Sie ärgert sich, sie kränkt sich seit einigen Tagen, daß ich so unberührt von ihren Reizen sitze und schreibe.

Dafür gedenkt sie sich zu rächen.

Sie schleicht an die Seitenwand, kratzt an die Tapeten und singt von Zeit zu Zeit unzüchtige Lieder.

Ja, singe nur — singe; ich hüte mich darauf irgendwie zu reagieren; denn wenn man eure Tollheiten unbeachtet läßt, beruhigt ihr euch am ehesten.

Das sollten Sie sich merken, werter Professor Wächter, das sollten Sie von mir lernen.

Ja, singe nur, singe. Deine Lieder passen zu den Bildern, die ich schreibe. Sie rufen mir all das Wollüstige, Verderbliche ins Gedächtnis zurück, das mich vernichtete.

Singe nur, singe!

III.

Als meine Mutter mich verlaſſen hatte, warf ich mich auf die Chaiſelongue und bemühte mich, die alten farbenſprühenden, betäubenden Liebesträume heraufzubeſchwören, in denen ich bisher geſchwelgt hatte.

Ich hatte immer ein übermenſchliches, weißglitzerndes, herrliches Weib geſehen, das ſich zu mir herabneigte, und an deſſen Küſſen ich langſam verging.'

Aber merkwürdig; niemals hatte ich daran gedacht, dieſe Göttin zu bezwingen, ſie mir zu eigen zu machen, ſie für immer an mich zu feſſeln.

Nein, nein, ich lebte eigentlich ſtets in der Hoffnung, in ſehnender, inbrünſtiger Erwartung.

Und jetzt war ich bald im Beſitz.

Lächerlich — ich begann mich plötzlich ſelbſt zu verſpotten, daß ich mich ſo ſeltſam grübelnden, ſpitzfindigen Gedanken hingab. Das war ja alles hinfällig.

Lilli liebte mich, und ich — nun, ich betete ſie an, und der Beſitz ſollte ja das Höchſte ſein. Das höchſte Glück des Mannes.

Ja, wahrlich, ich war glücklich, glücklich und zu beneiden. — Wenn nur die Zeit bald um wäre. Wenn nur all das Neue, Ungewohnte bald hinter mir läge, wenn ich nur schon in all die Mysterien eingedrungen wäre, die noch dunkel vor mir lagen.

Und wieder begann mich die Angst zu plagen, daß ich mich bis jetzt so wenig mit den Frauen beschäftigt hatte.

Jeder meiner Studenten war in vielen Dingen mehr Kenner als ich. Oft hatte ich ihren Gesprächen mit ängstlicher Neugier gelauscht. Denn mein zarter, schwächlicher Körper hatte mich bisher von einem großen Teil ihrer Vergnügungen ausgeschlossen.

Und jetzt dieses volle, reife Weib für mich.

Ein eigenartiges Unbehagen befiel mich. Es wäre doch wohl schicklich gewesen, wenn ich Lilli um diese Zeit aufgesucht hätte. Von der Kirche schlug es bereits zwölf. Und doch hielt mich eine nicht zu überwindende Beklemmung von diesem Besuch ab.

Nein, nein, nicht zu ihr!

Wenn ihre Liebe mich wieder so glühend umfangen würde, wie gestern, und wenn ich wiederum so dumpf, teilnahmslos, unempfänglich vor ihr stände, wie in jenem entsetzlichen Augenblick.

Nein, nein, nicht zu ihr! Eine unbezwingliche Furcht vor ihrer erblühten Schönheit schüttelte mich — und daneben —. es war wie Wahnsinn — eine brennende Sehnsucht nach ihr.

34

Da klopfe es.

„Herein!"

Und herein trat der alte Kapitän Holm — der Bruder meiner Mutter — nahm seine Seemanns= mütze ab und sah sich erst ein wenig in dem Raume um, als könnte er mich nicht entdecken.

„Na, wo büst du denn, mein Jünging?"

Ich räusperte mich. Da bemerkte er mich.

„Potz dausend — was machst du denn da?" schimpfte er. „'n Bräutjam rükkst sich doch nich so rum!" Dann kam er mit beiden Händen strahlend auf mich zu. „Aber ich gratulier' dich, Korling, ich gratu= lier' dich. — Süh, das ist vernünftig, daß du dich jetzt 'n Haus gründen willst, sehr gut. Un denn Lilli Karström, das is recht; da is Geld, Deuwel noch eins, das laff' ich mir gefallen. Na, is woll mächtig in dir verrannt, das kleine Mäten?"

Ich weiß nicht, warum mich diese Frage in Ver= wirrung setzte. Des alten Seebären frische, derbe Auf= fassung schien mir so berechtigt. Ein Mädchen toll ver= liebt in den Mann ihrer Wahl, Körper sehnt sich zu Körper, und doch war es mir jetzt schon klar, daß ein solches Verhältnis zwischen mir und Lilli nicht be= stand.

Aber weshalb nicht?

Mein ganzes, verfehltes Leben sollte darauf die Antwort bringen.

„Donnerwetter, Korling!" rief mein Onkel, der mich eine Weile in diesen Grübeleien gelassen, „nu is genug. Diese Bücherwurmigkeit muß nu aufhören. Sei doch froh, Jünging, daß du nu so'n nettes, liebes Ding so recht weich in die Arme bekommst. Wo? Nich wohr?" Er stand auf, spuckte aus und ging mit breiten Seemannsschritten im Zimmer auf und ab.

„Nu zieh dich vor allen Dingen diesen schwarzen Predigerrock aus. — Dat Ding hat for mich so wat Muffig=Heiliges an sich. — Un denn zum Schneider, un so recht wat Kavalieriges, Großartiges gemacht, wat blos so hü sagt. Un denn alle Tage Buketts ge= schickt — na, der Swiegersohn von Karström kann doch so wat haben. — Un denn Gesellschaften un Schlitten= partien, un hinter die Gardinen düchtig abgeküßt, da= mit dat kleine Mäten doch auch sieht, dat se 'nen Kerl bekommen hat."

„Onkel — —"

„Versteh mir recht, Korl — ick meine dat gut mit dir, ick sag' dir, die Mätens pfeifen hinterher auf all die Gelehrsamkeit. Un so 'ne Frauensperson, wenn sie erst geheiratet is, verträgt dich eher 'nen handgreif= lichen Puff as dat schönste Gedicht. Wo? Nich wohr?"

Er spuckte wieder aus und warf verächtlich ein Buch, in dem ich gelesen, auf den Schreibtisch.

Ich folgte ihm mit den Augen. Eine innere Stimme flüsterte mir zu, daß der alte, rauhe Mann dort einen der schwarzen Geister anpackte, die auf meinem Wege saßen, um mich zu erwürgen.

Da — war es Täuschung? — Nein, es war wahr und wahrhaftig, da hörte ich Lillis helle Stimme auf der Treppe. Eilige Tritte näherten sich.

Verflogen war aller finstre Spuk, verflattert. Ich fühlte, wie mir das Herz vor Freude klopfte.

Ja doch, doch und tausendmal doch. Das war Liebe, so pulste nur die Sehnsucht. Ich liebte sie. Alle Furcht war Hirngespinst, Phantasterei.

IV.

Meine Mutter hatte Lilli und ihren Vater in der Kirche getroffen. Mein Mädchen hatte darauf bestanden, daß es mich zuerst und zwar inmitten meiner Bücher besuchen wolle.

Ich hatte noch am Abend vorher bei ihrem Vater schriftlich um sie angehalten.

Nun stand sie da, frisch und elegant in ihrem schwarzen Tuchkleid, von der die hellen Haare so lieblich abstachen, und blickte sich voll Staunen und Bewunderung in der engen Gelehrtenstube um.

„Ja, das is sein Zimmer," sagte meine Mutter mit einem wehmütig-stolzen Lächeln, während sie dem Großhändler Karström vorsichtig einen Stuhl zuschob.

„Hier haben wir wirklich manch glückliche Stunde verlebt. Ich glaub' auch," setzte sie leiser hinzu — „er wird sich man schwer an eine andre Stube gewöhnen."

Und nun kam etwas so Wohltuendes, Liebes, Anheimelndes, dessen silberner Klang mir noch heute — nach so viel Jahren — fröhlich im Herzen wiedertönt.

„Das soll er auch nicht!" rief Lilli überzeugt aus. „Nicht wahr, Karl, daran denkst du doch nicht? Wir bleiben natürlich hier in diesem gemütlichen Gelehrten=

38

heim, das ich mir gar nicht schöner vorstellen kann. — Und wenn es nach mir geht" — dabei nahm sie mit einer gewinnenden Bewegung die Hand der kleinen Frau — „dann bleibt die Mutter auch."

„Wirklich? — Wirklich, Fräulein?"

Meine Mutter schlug zum erstenmal ihre Augen voll gegen meine Braut auf, als wollte sie mit diesem einen Blick das innerste Wesen der Fremden ergründen, mein ganzes Schicksal von ihren Zügen lesen.

„Ach, das wär wirklich mein Herzenswunsch," fügte sie dann fast bittend hinzu, „wenn ich meinem Jungen nahe bleiben könnte. — Ich könnte ja auch dann in den zweiten Stock hinaufziehen."

Ich stand völlig bezaubert. So freundlich hatte ich mir meine Zukunft nicht ausgemalt.

„Also abgemacht!" bekräftigte Lilli mit ihrer hellen Stimme und bot meiner Mutter von neuem die Hand. „Aber weshalb sagen Sie ‚Fräulein' zu mir und nicht du?"

„Ach Gott!" — Die kleine Frau lächelte ein wenig verlegen. „Aber wenn Sie erlauben, dann von Herzen gern."

„Ich möchte doch auch gern Mutter sagen können," sprach meine Braut weicher, „die meine — —"

„Ja, sie hat es nicht mehr erlebt," warf der Großhändler dazwischen, der steif, den Zylinder in der Hand, auf dem Stuhl saß.

Ich hatte immerfort die Empfindung, als ob dem vornehm ausschauenden, graublonden Herrn die gesamten Verhältnisse seines zukünftigen Schwiegersohnes zu eng, zu beschränkt erschienen. Geradezu peinlich aber wirkte es auf mich, wie jetzt noch Onkel Holm, der bis dahin breitbeinig dagestanden und die beiden neuen Verwandten eingehend gemustert hatte, sich plötzlich unverfroren ins Gespräch mischte.

„All tot? I, das is schad," tröstete er. „Wo jetzt die vielen Familienfreuden kommen, schad."

„Ja, sehr schade," schnitt der Großhändler ab.

Dann erhob er sich, legte mir ein wenig gönnerhaft die Hand auf die Schulter und sprach rasch und klar, ganz im Tone eines großen Kaufmanns, der eine geschäftliche Angelegenheit auf das hellste beleuchten will:

„Also, mein lieber Doktor, meine Einwilligung haben Sie. Ich höre allgemein, daß Sie in Ihrem Fach mit Achtung genannt werden. Nun gut, ich vermag das weniger zu beurteilen. Auch ist meine Tochter von jeher an große Selbständigkeit gewöhnt gewesen, so daß mein Wille bei ihrer Herzenswahl von vornherein wenig ins Gewicht gefallen wäre. Ich möchte

Sie nun bitten, mich morgen mittag in meinem Kon=
tor auf der Reederei aufzusuchen, damit wir dort alles
Nähere etwas eingehender besprechen. Sie verstehen
mich. Im übrigen treffen wohl unsere Wünsche be=
züglich einer recht schnellen Heirat zusammen, nicht
wahr?"

„Ja," sprach meine Braut freubig, indem sie mich
fest anblickte.

Unwillkürlich klopfte mir das Herz, verwirrt ver=
beugte ich mich.

Der Großhändler bewegte lässig den Hut. „Nun,
und wenn Sie wirklich auf ihrem Entschluß bestehen,
in diesem Schifferheim wohnen bleiben zu wollen,"
schloß er gemessen, „dann erlauben Sie mir wohl,
diese Räume recht würdig ausstatten zu dürfen. Mithin
seien Sie mir herzlich willkommen, lieber Sohn."

Er reichte mir zum Zeichen der Bekräftigung noch
einmal seine feinbehandschuhten Finger.

In diesem Augenblick warf sich Lilli mir plötzlich
an die Brust. O, wie weich schmiegten sich ihre Glieder
an die meinen; eine wohltuende Wärme durchbrang
mich, und durch alle Abern rieselte mir unvermittelt
das fröhliche Bewußtsein, daß sie sich gänzlich von
ihrem Vater lösen und nur mir — mir gehören
wollte.

Wie schön war sie. Wie seltsam nahm sie sich unter diesen alten Büchergestellen aus.

„Nein, nein, Karl," flüsterte sie rasch, „sieh nicht so ängstlich aus. Papa darf all diese Schätze nicht anrühren. Wo du hausest, da bleibt alles unverändert. Nur mich bekommst du hinein. Die junge Frau Doktor Barkentin. Wird dir das so schwer werden?"

Eine Blutwelle strömte mir ins Gehirn. — „Du Liebes," stammelte ich hingerissen, und mit einer plötzlichen, wilden Glut umfing ich sie und drückte sie an mich.

Merkwürdig, hier, umgeben von meinen Büchern, entschwand mir die ursprüngliche Befangenheit immer mehr. Ja, mit einem gewissen Stolz empfand ich sogar meine eigene geistige Überlegenheit.

Ha, dieses Gefühl war köstlich.

In mir vereinigte sich ja die Erkenntnis ganzer Geschlechter, die Kulturarbeit vieler Jahrhunderte, ich war der Bronnen, aus dem dieses stolze, königliche Geschöpf, das jetzt so hingebend an mir lehnte, durstig schöpfen wollte, ich war der Gebende, der Sprudelnde, der köstliche Wasser über diese heißen Lippen zu leiten verstand.

Stand sie nicht da, als ob sie jetzt schon solch einen Trunk sehnlich erwartete?

Und das glaubte ich wahnwitziger Tor damals wirklich.

„Komm, Karl," sagte sie jetzt fröhlich, während sie mir verstohlen die Hand drückte. „Nun stelle mich deinen Büchern vor. Was ist das hier?"

„Das ist der Homer."

„Jawoll, die in den Schweinsleder, dat sünd die ganz teuren," warf Onkel Holm dazwischen, der sich zum freiwilligen Begleiter aufgeworfen hatte.

Meine Braut nickte ihm zu.

„Und diese großen Bogen Papier hier auf dem Schreibtisch?" fragte sie weiter.

„Ja, das ist seine neue Arbeit," erklärte meine Mutter dem Großhändler bedeutungsvoll.

Ach, die arme alte Frau meinte ja, die ganze Welt müsse auf jedes meiner Worte lauschen.

„Seine neue Arbeit?" wiederholte meine Braut gespannt, indem sie in den großen Bogen neugierig wühlte.

Großer Gott, dieses eindringende Interesse unterjochte mich ihr, machte aus mir ihren Sklaven.

Und sie war so herrlich. Ein Sonnenstrahl, der durch die niedrigen Fenster fiel, spielte leuchtend in ihren goldenen Haaren.

Alles, was mich betraf, wollte sie erklärt haben.

Erregt und innerlich gehoben, schritten wir beide, immer gefolgt von Onkel Holm, nebeneinander her.

Nach den Büchern musterte sie die Bildnisse an der Wand, dann die Photographien meiner Universitätsfreunde und Kollegen. Von einzelnen, die mir besonders nahe standen, wünschte sie Eingehenderes zu wissen.

Da war besonders mein ehemaliger Lehrer und jetziger Kollege, Professor Wackermann, dessen Porträt ihr das größte Interesse einflößte.

„Also dieser liebe alte Herr wird bei uns verkehren?"

„Gewiß, er besucht mich täglich."

„O, ich habe mehrere seiner öffentlichen historischen Vorträge gehört. Das war herrlich. Er spricht wie ein Dichter, wie ein Begeisterter. Wir Damen waren alle ganz berauscht. — Wirklich, es muß schön sein, in diesem Kreise leben zu dürfen. — Sieh nur, Karl, welch ein Schwärmerantlitz dein Freund hat."

„Na woll," räusperte sich Onkel Holm. „Aberst seine Beinkleiders kann er nich von seine Jacke unterscheiden. Un sein Dienstmäten muß ihm frühmorgens anziehn; is nich wahr, Korl?"

Hier lachte Lilli über das ganze Gesicht. „Wissen Sie auch, daß Sie ein prächtiger alter Herr sind?"

fragte sie liebenswürdig und streckte dem alten Kapitän mit einer schnellen Bewegung ihre Hand entgegen.

„Na, un Sie, Fräulein, gefallen mich auch ganz kolossal," entgegnete der Seemann und schüttelte die Hand meiner Braut, als wollte er die kleinen Finger ein für alle Male zerbrechen. „Sie sind ein feines Frauenzimmer, wie's in'n Buch steht. Un wenn Korl vernünftig es, denn setzt er sich nu fleißig auf die Hosen un macht Sie fixing zu ne Frau Professer. Denn so'n Titel gehört zu Sie."

Meine Braut sah mich an. In ihren Augen schwamm so viel Zärtlichkeit, so viel seltsam schimmernde Hoffnung, daß es mich berauschte.

Ich drückte die herrliche Frau an mich, eng und fest, und sagte mutig und entschlossen:

„Ja, Lilli, das will ich. Ich will alle Kraft einsetzen, jeden Gedanken anspannen, um dich glücklich zu machen."

„Das bin ich," flüsterte sie errötend, „bin ich auch ohne das, Karl."

Immer heißer umfing ich sie und blickte über ihre Schulter auf die Büchergestelle an der Wand.

Ich Tor. Ich Narr.

Denn ungesehen von mir sprang aus jedem Band ein schwarzes Teufelchen herab, unzählige, bis es schwarz auf der Erde wimmelte, und sie türmten bedrucktes Papier zwischen mir und dem Weibe meiner Wahl auf, immer höher, immer ragender, bis eine Scheidewand zwischen uns aufgerichtet war. Eine papierne Wand, die uns trennte.

Das war mein Leben.

V.

Die Zeit floh.

Ich habe von den Monaten, die zwischen meiner Verlobung und unserer Hochzeit lagen, nur noch unklare, verschwommene Erinnerungen.

Zerflattert und zerfahren, wie sie mir aus den blauen Abgründen auftauchen, will ich sie hierher setzen.

＊

Es war an einem regnerischen Herbstabend. Da wurde ich zu meinem Schwiegervater gerufen. Ich sollte ihn in seinem Bureau auf der Werft aufsuchen.

Heftig klirrte der Regen an die Scheiben meiner Studierstube. Ungern nur ließ mich meine Mutter bei dem Wetter ziehen. Sie trug mir sorglich meine Gummigaloschen herbei und klappte mir den Mantelkragen in die Höhe.

„Nimm dich recht in acht, Jünging," warnte sie.

Gerade als ich aufbrechen wollte, erschien Professor Wackermann in der Tür. Er bemerkte unter der blauen Brille, die merkwürdig von dem glattrasierten, freundlichen Antlitz abstach, sogleich, daß ich im Fortgehen war.

„'n Abend, Karl."

„Guten Abend, lieber Wackermann."

„Zur Braut?"

„Leider nicht. Nur zum Schwiegervater."

„So? Schadet nichts. Ich bleib' bei Mutting. Na, wie steht's mit den Volksliedern?"

„Famos. Ich habe schon wieder zwei neue gefunden. Drüben von Rügen."

„Sieh mal an. — Na, wollen gleich mal nachgucken. Die Frau Kapitän wird mir schon zeigen, wie? Mach', daß du fortkommst."

„Aber nimm mir's auch nicht übel, lieber Freund."

„I, bewahre — geh' nur, mein Sohn."

„Nun, dann auf Wiedersehen."

Als ich die Tür öffnete, fiel mir noch einmal das anheimelnde Bild voll in die Augen.

Der dürre, schmächtige Mann mit dem feinen, durchgeistigten Schwärmerantlitz, dem das schlicht herabhängende, graubraune Haar fast etwas Ehrwürdiges verlieh, saß an meinem Schreibtisch. Die niedrige Arbeitslampe ließ ihren Strahlenkreis hell auf seine Stirn fallen. Die blauen Brillengläser schienen noch dunkler als sonst.

So verharrte er und versenkte sich begierig in die neu aufgefundenen Volkssagen. Um seinen Mund spielte ein begeisterter Zug, als ob er köstlichen, erwärmenden Wein schlürfe.

Und neben ihm die kleine, weißhaarige Frau, die befriedigt auf das Werk ihres Sohnes hinunterblickte.

Ich schloß ganz leise die Tür, als fürchtete ich die beiden zu stören.

＊　　　＊

＊

Auf der Werft wurde noch gearbeitet.

Ein feiner, durchdringender Regen rieselte auf den weiten Hof hinab und durchweichte den Erdboden.

Vom Fluß quollen weiße, qualmige Dünste herauf, die sich mit dem Dampf der Schlote mischten, und durch alle Nebel hindurch blinkten die roten Feuer der Essen, die unter gewaltigen Blasebälgen fauchten und stöhnten.

Dröhnender Hammerschlag hallte durch das Anwesen.

Durch lange Korridore schritt ich hindurch und wurde endlich in das Privatzimmer des Großhändlers geführt.

In dem kleinen Raum stand nur ein zierlicher, fast zu eleganter Schreibtisch, und an der Wand hing ein lebensgroßes Ölbild meiner Braut.

Als mein Schwiegervater mich bemerkte, verabschiedete er sofort zwei Ingenieure, die mit Plänen und Zeichnungen vor ihm standen.

„Entschuldigen Sie — auf morgen, meine Herren.“

Dann erhob er sich und schloß selbst hinter ihnen die Tür, die zum anstoßenden Zeichnersaale führte.

In meinem durchnäßten Überzieher saß ich da und verfolgte mit unruhiger Spannung all seine Bewegungen.

Was wollte er von mir?

Er setzte sich hinter seinen Schreibtisch mir gegenüber. Dann räumte er allerlei Bogen und Bücher beiseite, als wüßte er nicht, wie er beginnen sollte.

„Nun?" fragte ich endlich nach einer Pause.

Da hob er seine grauen Augen scharf zu mir auf und musterte mich, als ob er mich heute zum ersten Male sähe.

Mir wurde heiß.

Der Geschäftsmann schien irgend etwas Verstecktes hinter mir zu suchen.

„Ich habe Sie rufen lassen, lieber Schwiegersohn," begann er endlich mit seiner gewohnten Zurückhaltung, „weil ich vor einigen Tagen — — Sie dürfen mich aber durchaus nicht mißverstehen —"

Mir trat langsam der Schweiß vor die Stirn.

„Nun, wir sind ja beide Männer" fuhr er kaltblütig fort. „Ich habe da vor einigen Tagen von einem meiner Kapitäne eine Andeutung über das Ende Ihres seligen Herrn Vaters vernommen, die ich nicht unerörtert lassen wollte. — Begreifen Sie mich nun?"

Leichenblässe mußte plötzlich mein Gesicht bedecken, meine Füße wurden mir eiskalt, ich starrte ihn an und bewegte nur ein wenig die Lippen.

Diese grenzenlose, unbeschreibliche Roheit raubte mir die Sprache.

Auch der Großhändler erhob sich, ein wenig befangen. Mit gesenktem Haupt stand er vor mir, als er weiter sprach: „Ich verstehe ganz gut, daß es Ihnen, als Sohn, peinlich sein muß, mir hierüber Aufschluß zu geben. — Aber gleichviel" — er zuckte die Achseln. — „ist es wahr, daß Ihr Herr Vater in einem Anfall von Umnachtung gestorben ist?"

Da sprang ich auf.

Alles verschwamm vor meinen Augen, mir war es, als wenn ich jeden Blutstropfen einzeln und pulsierend durch Hals und Hirn strömen fühlte. Ein merkwürdiges Zucken flog über meine Knie. Ich wußte, daß ich zum letztenmal Herr meiner Zukunft sei.

Und da — da fiel mein unsteter Blick auf das Porträt an der Wand.

Wie gebannt starrte ich hinauf.

Mein Auge blieb haften auf den entblößten Armen dieses schönen, zurückgelehnten Leibes, und der rote, üppige Mund, dessen wohlige Wärme ich so oft gespürt, schien sich zu mir herabzuneigen.

Dem Sklaven wurde das Brandmal des Besitzers ein für alle Male aufgedrückt.

„Nun," fragte der Großhändler, „darf ich auf eine Antwort rechnen?"

„Gewiß," stieß ich hervor und zerdrückte die Kante des Schreibtisches fast in meinen Händen. „Sie haben recht gehört, mein Vater ist in der Tat einem Gehirn= leiden erlegen."

„So?" kam es gedehnt von den Lippen des Kauf= manns.

Er machte eine Bewegung des Bedauerns, als wenn damit ein bereits abgeschlossenes Geschäft wieder gelöst wäre.

Ich weiß nicht, woher mich Unseligen plötzlich eine fast wahnsinnige Furcht befiel, das schöne Weib, das dort von der Wand so lieblich herablächelte, für immer zu verlieren.

Nein, nein, ich konnte sie nicht entbehren, diese Ge= liebte, von deren reicher, vollendeter Körperlichkeit meine Phantasie schwärmte.

Straff richtete ich mich auf und sprach kürzer und fester denn je: „Hat Ihnen Ihr Gewährsmann auch erzählt, daß mein Vater damals ein Schiff komman= dierte, das von China kam?"

„Allerdings — weshalb?"

„Weil er als ganz gesunder Mann hier fortfuhr und sich erst dort ein schleichendes Fieber holte."

„Ah, und Sie wollen damit sagen — —?"

„Daß für mich gesundheitlich kein Grund zu Befürchtungen vorliegt, wie Sie anzunehmen scheinen. Ich wünschte, Sie hätten mir diese Unterredung erspart. — Ich möchte sie auch nicht länger fortsetzen."

Eine Pause entstand.

Man hörte deutlich das Dröhnen der Hämmer und das kurze Stoßen der Maschinen.

Mein Schwiegervater schritt einmal rasch durch das kleine Gemach, dann machte er eine ruckartige, entschlossene Bewegung, blieb vor mir stehen und reichte mir langsam die Hand.

„Es ist gut," brachte er schwer und doch etwas freundlicher hervor, „verzeihen Sie mir, lieber Sohn, aber ich habe nur das eine Kind. Und in allen Lagen des Lebens ist die äußerste Klarheit das heilbringendste. Aber es ist besser so. — Wie gesagt, verzeihen Sie, und auf baldiges Wiedersehen."

Er neigte gemessen das Haupt und blickte auf die Tür des Nebensaales.

Ich war entlassen.

Draußen stäubte der Regen heftiger herab. Ich hörte, während ich über den Hof eilte, deutlich, wie der Fluß kleine Wellen an das Bollwerk warf. Ein kalter Regenschauer fuhr mir ins Gesicht.

Und doch war mir siedend heiß. In mir tobten zwei Gedanken, zwei Dämonen, die sich gegenseitig vernichten, die sich töten mußten.

Das entsetzliche, drohende Gespenst des Verstorbenen, an den ich schon als Knabe mit Schaudern gedacht, tauchte vor mir auf. Ich sah ihn auf seinem Schiff, leichenblaß an den Mast gelehnt, wie den fliegenden Holländer auf mich zugleiten, um das Glück von mir zu holen. Und daneben verzehrte mich eine rasende, irre Sehnsucht nach den Küssen des schönen Weibes, das man mir hatte rauben wollen. So stürmisch, so verlangend hatte ich sie noch nie begehrt.

Kräftig warf ich das Tor der Werft ins Schloß.

Und hinter mir hörte ich noch lange das Branden der Wellen wie heisere Stimmen von Wassergeistern, die hinter mir her höhnten.

*

Es war eine Stunde später.

Ich saß in dem Studierzimmer, in meinen Schaukelstuhl zurückgelehnt.

Professor Wackermann war noch da.

Und neben mir, eng an mich geschmiegt, so daß

54

ich ihre krausen Härchen an meiner Stirn fühlen, die Wärme ihres Körpers ahnungsvoll empfinden konnte, saß Lilli, die noch abends meiner Mutter einen Besuch abgestattet und auf mich gewartet hatte.

Leise wiegte ich mich, während ich ihre Hand umklammerte, und je inniger und tiefer wir uns in die Augen blickten, desto heftigere Furcht empfand ich, dieses liebe Geschöpf, das doch mir gehörte, dieses herrliche Weib könnte mir entgleiten.

Tiefe, nachzitternde Sehnsucht erfaßte mich. Ich hatte den tollen Wunsch, daß meine Seele sich auflösen und völlig in diesen wunderbaren Körper übergehen möchte. O, diese Sehnsucht war so quälend und dennoch so schmerzlich genußreich.

Eine wohltuende Dämmerung herrschte in dem kleinen Raum. Die Stehlampe beleuchtete nur die Gestalten des Professors und meiner Mutter, die ihm mit ihrer Häkelei aufmerksam am Tisch gegenübersaß.

Und mit seinem schwungvollen, etwas pathetischen Tonfall las der alte Herr noch immer aus der Sammlung meiner Volkslieder.

Von Zeit zu Zeit blickte er auf, schüttelte vor innerster Befriedigung das Haupt und murmelte lachenden Mundes:

„Schön, schön — wirklich schön —.“

Einmal jedoch unterbrach er sich und wendete sich direkt an meine Braut. „Nun, was sagen Sie zu dieser Arbeit unseres Jungen, he?"

Heimlich drückte sie mir die Hand noch kräftiger, meinem Freund jedoch entgegnete sie schlicht: „O, diese alten Weisen haben für mich etwas so Geheimnisvolles. Man weiß nicht, soll man sich an ihnen freuen oder sich vor ihnen fürchten."

„Potz Wetter, da haben Sie recht," rief der Professor, sichtlich über ihre Antwort erstaunt — „freuen oder fürchten — hm." Dann nickte er uns zu und fuhr in seinem lauten Vortrag wieder fort.

Meine Mutter brachte ein paar Gläser Tee. Draußen klirrte der Regen an die Scheiben. Der Wind stöhnte hörbar durch die Straßen. Aber bei uns war es gemütlich.

Lilli lehnte ihre Wange an die meine und verharrte ruhig in dieser Stellung. O, es war das erstemal, daß sie mich derart liebkoste. Ganz still saßen wir beide nebeneinander. Und innerlich flehte ich zu ihr: „Bleib' bei mir. Verlaß mich nicht."

Aber ich sprach kein Wort. Und dennoch war es, als ob sie mich verstanden hätte.

Immer merkwürdiger, demütig und hingebungsvoll

zugleich, verloren sich ihre stahlblauen, glänzenden Augen in die meinen.

Nur sie war gegenwärtig.

Nur sie.

Leise wiegten wir uns fort, und meine Mutter hob ihre Augen von ihrer Arbeit und lächelte sanft zu uns herüber.

VI.

Meine Erinnerungen stehen noch immer vor meiner Hochzeit still. Qualvolle Tage kamen.

Ich konnte meinen Geist nicht von den Vorstellungen lösen, die mein Schwiegervater durch seine Frage in mir wachgerufen.

Wie, wenn mir nun doch die unselige Erbschaft vermacht wäre? Wenn die Furien schon durch die Luft dahergerast kämen, die mich vor sich her peitschen sollten?

Merkwürdig — jetzt — hier im Irrenhause, wo ich weiß, daß ich nicht wahnsinnig werden kann, daß ich, wie durch eine wundertätige Salbe, davor gefeit bin, jetzt könnte ich über diese knabenhafte Unruhe lächeln.

Aber damals war sie peinigend, entsetzlich.

Die Gestalt meines Vaters wurde mir immer deutlicher und trieb mich von meiner Arbeit fort. Auch Lilli fiel meine Unruhe auf. Denn seit mir der Kaufmann jene Eröffnung gemacht, jagte es mich unaufhörlich in die Nähe meiner Braut. Ich trat des Tages drei- bis viermal in das gotische Haus ein, ohne doch einen Grund für mein Erscheinen zu haben, und lauschte dann heimlich mit klopfendem Herzen auf jedes Wort des Großhändlers.

Eine nicht zu übertäubende, innere Stimme raunte mir unausgesetzt zu, daß er mir meinen warmen, rosigen Schatz rauben wolle — daß sich die schwere eiserne Tür des Patrizierhauses noch vor dem Ziel vor mir schließen könnte.

Aber nichts geschah.

Eines Tages hörte ich in meinem Studierzimmer, wie Lilli im Nebenraum meine Mutter nach dem Grund meiner Unruhe befragte.

„Ich kann ihn nicht so leiden sehen," äußerte sie — „mir ist es dann, als ob ich selbst die unerträglichsten Schmerzen litte."

Welch ein sanftes, wohltuendes Mitgefühl. Wie tief mußte ihre Neigung zu mir wurzeln. Mir rieselte es wohlig durch alle Adern.

Und meine Mutter hörte ich entgegnen: „Mein Döchting, die Hochzeit rückt ja immer näher. Deshalb wohl."

Dann flüsterten die beiden Frauen miteinander.

Ich lehnte mich in meinen Stuhl zurück.

Ja, die Hochzeit rückte immer näher. Der feierliche, geheimnisvolle Moment sollte erscheinen, wo nach meinem Sinn zwei Wesen körperlich und geistig ineinander übergehen, sich gegenseitig ihr Bestes schenken sollten.

Und entsetzlich — während ich so dachte, überlief mich ein Schauer. Ich wußte genau, daß Lilli in ihrer gelbgrauen Herbstrobe im Nebenzimmer plauderte. Ein rotbrauner Rembrandthut schaukelte gewiß auf ihren Locken, die schlanken Hände waren vermutlich bis über das Gelenk mit knappen dänischen Handschuhen bespannt. — Und doch — und doch — — da träumte ich sie wieder vor mir — die majestätische Göttergestalt, rosig und weiß, wie sie die blendenden Arme nach mir ausstreckte, nach mir, der sehnsuchtverzehrt und angstgeschüttelt vor ihr festgewurzelt blieb.

Mir stockte der Atem.

Da öffnete sich die Außentür.

Onkel Holm humpelte herein, spie aus und schrie fröhlich: „Jünging, stör' ich dir? — Meine Nachbarin, die Frau Muchorvn, hat ihr Schwein geschlachtet, un da bring ich euch 'n Stück Mettwurst. Ungemein — sag' ich dich — ungemein."

Ich fuhr auf.

Die Traumgestalt verflatterte.

*

60

Immer näher rückte die Hochzeit.

Meine Studenten im Seminar lächelten, wenn ich zerstreut schien; Professor Wackermann drückte mir öfter vieldeutig die Hand und äußerte einmal mit einem jovialen Wetterleuchten in seinem freundlichen Antlitz:

„'s ist eine der größten Himmelsgaben,
so ein lieb Ding im Arm zu haben.“

„Karl, Karl, jetzt kommt deine schönste Zeit. Junge, was mußt du glücklich sein.“

Am deutlichsten jedoch gebärdete sich Onkel Holm in seinen derben Anspielungen.

„Ein Junge muß es werden, Korling,“ verlangte er einmal sehr bestimmt, während er bei uns zu Mittag aß, „un denn kann er ja auch nach mir heißen — Jochen oder Johann. Wie du willst.“

Ich weiß nicht, derartige Andeutungen beleidigten mich aufs äußerste. Ich selbst kam mir dann häufig lächerlich vor, und auch das Weib, das meiner harrte, erschien mir dadurch entwürdigt.

Nur meine Mutter schien das innerliche Hangen und Bangen, meine grenzenlose Unsicherheit, zu begreifen. Als einmal ein Transport neuer Bücher für mich eintraf, saß sie, mit einer Arbeit beschäftigt, in meinem Studierzimmer.

Ich reihte die Bücher in die Regale.

Da ließ die kleine Frau ihre Strickerei sinken und seufzte tief auf.

„Jünging, Jünging, ob du auch nicht zu lange bei deinen Büchern gesessen hast?"

„Aber Mutterchen, ich arbeite ja erst ein paar Stunden."

Die Mutter wandte ihr Haupt und blickte auf den schwerfällig vorbeigleitenden Fluß hinunter. „Ich meine nicht heute," brachte sie endlich halblaut hervor.

Dann griff sie rasch wieder nach ihren Nadeln und ließ sie gegeneinander klappern.

Die Mutter hatte ausgesprochen, was mich mit dumpfer Ahnung umhertrieb.

Zu lange hinter dem Wall meiner Bücher verharrt, zu lange abgesperrt von dem frischen, rollenden Leben, das ich nicht kannte.

Ob sich das nie wieder einbringen ließ?

Eine fieberhafte Gier bemächtigte sich meiner, in der kurzen Spanne, die mir noch blieb, womöglich nachzuholen, was ich bis dahin versäumt hatte.

Es ist schändlich, es zu gestehen. Aber ich begann Freude zu empfinden an allen Leichtfertigkeiten meiner Studenten.

Immer mehr schämte ich mich meiner eigenen Unerfahrenheit.

Und dann trat ein Ereignis in mein Leben, das alle diese Gedanken fortfegte wie Nordwind, der in die Spreu fährt, ein Erlebnis, das mich von dannen trieb aus dem Tempel der Häßlichkeit, auf dessen Stufen ich bereits anbetend auf den Knien lag.

VII.

Lilli und ich waren bei dem Rektor der Universität zu einem Ball geladen. So schön, so zauberhaft und vollendet hatte ich meine Braut bisher noch nie gesehen.

Noch heute ist mir die meergrüne Farbe ihres Kleides erinnerlich, heute noch sehe ich ihren stolzen, weißen Nacken daraus hervorschimmern wie glitzernden Schaum, der auf grüner See dahintreibt, heute noch empfinde ich das Leuchten und Funkeln ihrer blonden Haare.

Wie eine Audienz erteilende Fürstin ragte sie aus dem Kreis ihrer Bewunderer hervor.

Ich stand in der Ferne mit dem Hausherrn und beobachtete sie. Von Zeit zu Zeit eine leichte, graziöse Handbewegung, eine liebenswürdige Antwort auf irgend etwas Verbindliches, das ihr gesagt wurde, eine feine Wendung des schmiegsamen Körpers.

Und doch empfand ich deutlich, daß ihre Blicke weit über alle anderen hinweg einzig und allein mich suchten.

Ihre blauen Augen sprachen ganz verständlich zu mir durch die gesamte Länge des Saales: „Komm, führe mich aus diesem lauten Kreise hinweg. Ich möchte so gern allein sein mit dir — ganz allein."

Wie von einem unwiderstehlichen Strom gezogen, näherte ich mich ihr. Sie entwand sich den andern und legte ihren Arm in den meinen. Ich spürte einen starken, leidenschaftlichen Druck.

Auch ich konnte mich heute nicht satt sehen an dieser stolzen Schönheit.

Bald hatten wir uns verabschiedet.

Ich selbst gab ihr in der Garderobe die schützenden Hüllen um, den blauen langen Theatermantel mit dem weißen Flaumbesatz und eine allerliebste Kapotte von gleicher Farbe.

O, wie schelmisch blinzelte sie unter dem Flaum hervor. Diese Flucht aus der Gesellschaft schien ihr unendliche Freude zu bereiten.

Unten auf der dunklen, menschenleeren Straße hielt bereits der etwas altfränkische Wagen des Großhänd= lers. Ich hob sie hinein, setzte mich neben sie, und kaum rollte der Wagen über das Pflaster, so schmiegte sich Lilli an meine Brust, schlang beide Arme um meinen Hals und bot mir ihre Lippen mit einem so innigen Ausdruck, daß ich laut hätte aufjubeln mögen. Dann stammelte sie etwas Unverständliches; aber gleich darauf, als ob sie sich dieses Ausbruchs schäme, rückte sie von mir fort, preßte jedoch meine Hand stürmisch in der ihren.

„O — du — du," stammelte sie.

„Nun was denn, Kind?"

„Wie wunderhübsch war vorhin dein Toast. Diese leichten, entzückenden Verse. So etwas hab' ich noch nie gehört. Sie waren auch alle ganz fortgerissen, und allgemein gratulierte man mir."

„Ach, lächerlich —," wehrte ich geschmeichelt.

Und doch durchbebte mich ihr Lob angenehm und machte mich kühn.

Es war so dunkel im Wagen. Die Stadt schlief. Ich umfing sie; sie lächelte, und wieder trafen sich unsere Lippen, bis ich ihre kleinen Zähne fühlen konnte.

Dann begann sie rasch, glückselig und aufgeregt weiter zu plaudern: „In wenigen Tagen wirst du auch Professor, hat mir der Rektor gesagt."

„Ja, aber ich muß noch bestätigt werden."

„Und dein Buch über die Volkslieder sei so glänzend."

„So, hat er das auch geäußert?"

Wie mir diese wissenschaftliche Anerkennung wohl tat. Darüber vergaß ich beinahe, daß ich neben einem jungen, glühenden Weibe saß.

Immer wärmer und leidenschaftlicher fuhr sie fort,

indem sie sich vertrauensvoll an mich drängte. „Aber das ist ja alles gleichgültig," flüsterte sie mit heißer Stimme.

„Gleichgültig? — Lilli —"

„Ja, ja, Karl — denk' mal, in vierzehn Tagen ist ja unsre Hochzeit. Dann hab' ich dich ganz allein, den berühmten Mann. Ach, du weißt ja gar nicht — — Wie du vorhin so bei dem Rektor standest mit deinem feinen, blassen Gesicht, dem dunklen, welligen Haar und deinen großen, braunen Augen, da erschienst du mir so eigenartig, so wunderhübsch — du — du, ich glaube, das sollte ich dir eigentlich alles gar nicht sagen. Ach, denke nur, in vierzehn Tagen ist unsere Hochzeit."

Und wieder spürte ich die leise, hingebungsvolle Berührung gegen meinen Arm; der weiße Flaum ihres Käppchens zitterte an meiner Schläfe, und ich — welch eine unselige Macht beherrschte mich? — ich saß wieder da, als wäre ich hundert Meilen von ihr entfernt — zurückhaltend, verängstigt, und spähte durch die angelaufenen Scheiben nach den kleinen, spitzgiebligen Häusern der Straße. Der Zeitpunkt, den meine Braut ersehnte, er erhob sich vor mir, mahnend, drohend, mich mit einer unerklärlichen Bangigkeit erfüllend.

Da hielt der Wagen.

Unter dem Portal des gotischen Hauses harrte ein Diener mit einer Laterne.

Wir stiegen aus.

Ich weiß nicht, mir erschien diese Trennung beinahe wie eine Erlösung, ich hatte fast eine Sehnsucht danach, mit mir und meinem unbehaglichen Gefühl allein zu sein.

Unter dem alten, schmalrippigen Portal bot mir meine Braut noch einmal die Hand. Ich führte ihre Finger an den Mund, während ich merkte, mit welch vollem, hingebendem Blick sie mich grüßte.

Die Laterne warf wunderliche Schatten bald auf Lillis Antlitz, bald auf die altertümlichen Spitzbogen des Eingangs.

In diesem Augenblick kurz vor dem Scheiden fühlte ich plötzlich wieder die alte, wilde Zärtlichkeit in mir aufflammen. Noch ein kurzes, heißes Flüstern, dann bewegte sich die schwere Eichentür in ihren Angeln, und ich stand allein auf dem nächtigen Markt.

Langsam schlenderte ich zurück.

Hinter mir hörte ich das dumpfe Rollen des Wagens, der in den Torweg einfuhr.

Dann war alles still.

Die kleine Stadt schlief.

Die Laternen waren sämtlich ausgelöscht, in tiefer

Schwärze verharrten die Häuser. Nirgends ein Licht, nirgends ein Laut, nur an den Ecken hörte man den scharfen Wind des Meeres.

So war ich die schmalen Gassen mit den niedrigen Häusern entlang geschritten und lauschte auf den Widerhall meiner eigenen Tritte..

Und wieder galten alle meine Gedanken dem Weibe, das ich eben verlassen.

War es nicht seltsam, daß ich mich immer in Sehnsucht nach ihr verzehrte, sobald ich von ihr entfernt weilte?

Immer weiter wanderte ich die Straße hinunter, die zum Hafen führte; schon schlug das Sausen und Stürmen des Windes an mein Ohr, der dort draußen über freies Feld heulte; da — ich stutzte — aus einem schiefstehenden, einstöckigen Häuschen hallte lauter Gesang heraus. Eine Harmonika gab ihre langgezogenen Töne dazwischen, auch die zitternden Laute einer Gitarre mischten sich drein.

Als ich auf den Straßendamm zurücktrat, las ich unter einer alten Laterne, die sich an ihrem Eisenhaken über der Haustür kreischend hin und her bewegte, den Namen des Lokals.

Es war eine Schifferherberge und hieß „Zum grünen Hering."

Lauter wurde der Gesang, Frauenstimmen gesellten sich hinzu.

Eine merkwürdige Lust beschlich mich, den Liedweisen des Volkes einmal in der Nähe zu lauschen. Seit vielen Jahren beschäftigte ich mich damit, alle möglichen verschollenen Gesänge zu sammeln, und hier, hier sprudelte das Volkslied vielleicht frischer und echter, als ich es je geahnt hatte. Was wußte ich überhaupt von den unteren Schichten der Gemeinschaft, in deren Mitte ich lebte? Hatte ich nicht immer gewünscht, das Leben in seiner Tiefe zu ergründen?

Ich faßte einen plötzlichen Entschluß und öffnete ohne weitere Überlegung die niedrige, grünverhängte Glastür, die in das Lokal hineinführte.

Ein Klingelzeichen, durch die Tür veranlaßt, wurde laut, ich selbst aber sah zuvörderst nichts.

Dicke, blaugraue Tabakswolken wallten schwer in dem engen Raum hin und her, eine unerträgliche Hitze herrschte, und ein strenger Geruch schlug mir entgegen von verdunsteten Spirituosen und nassen Kleidern.

Bei meinem Eintritt hatten Gesang und Gelächter aufgehört, jetzt jedoch erhob sich rohes Lachen aus Männerkehlen, und zu gleicher Zeit fühlte ich mich von weichen Fingern an der Hand ergriffen.

Eine junge Dirne mit zottigen braunen Haaren und

großen, blitzenden Augen zog mich völlig in die Stube hinein, und bevor ich mich recht von meinem Staunen erholen konnte, saß ich an einem kleinen kreisrunden Eichentisch.

Jetzt konnte ich auch allmählich meine Nachbarschaft unterscheiden.

Fünf Männer in dicken blauen Seemannskitteln saßen um eine längere Nebentafel. Die Ellbogen hatten sie auf den Tisch gestützt, vor ihnen standen Schnaps- und Biergläser; drei der jüngeren Burschen hatten jeder eine junge Weibsperson neben sich, ähnlich derjenigen, die mich in diesen Kreis eingeführt hatte. Diese selbst jedoch hockte drüben am Ende der Tafel auf dem Tisch und begann soeben auf ihrer Gitarre einen neuen Gassenhauer zu spielen. Gröhlend fiel die jüngere Gesellschaft ein, während ein dicker, aufgedunsener Seemann seinen Arm um die Hüfte der Sängerin geschlungen hielt.

Trüb verbreitete eine alte Hängelampe durch all den blauen Qualm hindurch einiges Licht. Der unmäßig starke Wirt lehnte hinter seinem Schenktisch an dem Flaschengestell und versuchte die Gitarrenspielerin auf der Harmonika zu begleiten.

„Bum — bidelbum — hopsassa" kreischte es um mich herum.

Ein heftiger Widerwille stieg in mir auf.

Das also war der Gesang des Volkes? Und jene jungen Dirnen mit den weit ausgeschnittenen Blusen, das waren die Geschöpfe, denen diese plumpen Burschen dort Liebe entgegenbrachten? O, wie glücklich war ich, daß ich in einer behüteten Welt lebte, wie rein, wie fleckenlos erhob sich vor mir das Bild meiner Lilli. Bei Gott — war es nicht sündhaft, tief verächtlich, daß ich mich nach all diesen häßlichen Dingen, die sich im Augenblick so roh vor mir abspielten, noch vor kurzem gesehnt hatte?

Immer lauter schwirrte die Musik, zwei der Paare begannen miteinander zu tanzen, und jede Bewegung, die dabei über das schickliche Maß hinausging, wurde von dem dicken Wirt mit schallendem Gelächter belohnt.

„Immer weiter —" schrie er, „so 's gut."

Mir kam es endlich vor, als wenn das Gesindel all seine Gemeinheit nur deshalb so nackt vor mir enthüllte, um mich, den besser Gekleideten, zu beleidigen.

Immer stärker und dringender mußte ich an Lilli denken. O, ich war ja glücklich, ich nannte das reinste, das jungfräulichste Weib mein eigen. Und hier, hier mitten in all der Abscheulichkeit teilte ich zum ersten Male dasselbe heftige Verlangen meiner Braut nach

rafcher, nicht mehr um einen Tag hinaus zu ver-
zögernder Vereinigung.

Ja, ja, jetzt mußte fie mein werden, ich wollte
diefe köftliche Reinheit nicht mehr von mir gefchieben
wiffen.

Urplötzlich begriff ich, welche Seligkeit meiner harrte.

* * *

Ha, ha, während ich dies fchreibe, höre ich neben
mir das wilde Lachen der Irren, die in ihren Zellen
herumtoben. Wie eine Antwort klingt es auf meinen
kindifchen Wahn.

Ha, ha, Seligkeit in rofenroten Wolken.

Die Irren lachen wieder.

* *

Aber damals in der Herberge „Zum grünen
Hering" lechzte alles in mir nach diefer herrlichen
Unberührtheit.

Es war fo heiß. Ich hatte meinen Mantel aufge-
knöpft; dadurch wurde mein Frack fichtbar.

Als das Gefindel das Feftkleid bemerkte, tufchelte
es miteinander. Dann fprang die Gitarrenfpielerin auf
mich zu und fetzte fich gerade vor mich auf die Platte
des Tifches. Ihre fchlanken, von fchwarzen Strümpfen

73

bedeckten Füße ließ sie dabei zierlich hin und her schlen=
kern. Ich merkte, daß dieses geschminkte Weib irgend=
eine freche Zutraulichkeit im Sinne hatte, ich sah, wie
sie sich langsam und lächelnd zu mir herabneigte, da
— da — mein ganzes bisheriges Leben in der stillen
Gelehrtenstube wehrte sich gegen ein derartiges Hinab=
sinken. Der Widerwille schlug über mir zusammen.
Ich sprang auf, warf ein Geldstück auf den Tisch und
stürzte unter dem Hohngelächter der betrunkenen Ma=
trosen auf die Straße hinaus.

„Bum — bibeldum — hopsassa" gellte es hinter
mir her.

Ein paar dunkle Köpfe drängten sich noch in den
Türrahmen, um mir nachzublicken, ich aber sog draußen
aufatmend die frische Luft ein und lief, beinahe als
wäre ich verfolgt, unserm kleinen Schifferheim ent=
gegen.

„Gottlob!" dachte ich noch, während ich die engen,
ausgetretenen Holztreppen hinaufstieg, „gottlob, daß
dich niemals der Schmutz berührt hat, und daß du
jetzt für immer der Reinheit entgegen gehst."

VIII.

So war der letzte Tag herangekommen. Der letzte Tag, an dem ich allein war.

„Also Polterabend soll nich sein?" bedauerte Onkel Holm, der am frühen Morgen zu mir hereinhumpelte, und schüttelte mißbilligend sein graues Haupt. „Worum eigentlich nich, Korl? Über mir hättet ihr schon gelacht. Ich wollt' so was als Amor kommen, wenn's nötig, auch in Trikots; ganz kurz."

„Ja, Onkelchen," entgegnete ich, an meinem Schreibtisch beschäftigt — „mein Schwiegervater hat es anders bestimmt. Morgen dagegen ist große Hochzeit."

„Stimmt, ick bün auch geladen."

„Nun selbstverständlich."

„Sag' eins, Jüngling, krieg' ich auch 'ne Tischdam? Ick bün eigentlich auf so 'ne feine Frauenzimmergeschichten gar nich mehr recht geläufig."

„I, Onkelchen, ein Mann von deiner Erfahrung — —"

„Jawoll, Korl, da hast du recht, ümmer tapfer brauflos. Un schließlich, wenn man die Weibsbilder ruhig essen läßt, denn tun sie einen auch nichts. Wo? nich wohr? Na, nu sag' mal, un nach die Hochzeit?"

75

„Dann gehen wir nach Rügen."

„Donner und Doria — so is't recht. Da drüben auf die Insel gibt's so rechte, ausgesuchte kleine Schlupfwinkel. Ganz für die Flitterwochens. Korl, mein Jünging" — hier hinkte der alte Seemann auf mich zu und preßte mich kräftig in seine Arme. „Ick hab' meine Freude an dir. Nu wirst du auch was werden. Paß mal auf! Un dein kleines Dinging von Braut, dat is 'n kaptales Frauenzimmer, wie's ins Buch steht. Liebt dir auch ganz graulich, darauf kannst du dir verlassen, denn ick bün 'n Menschenkenner. Aberst nu kommt's drauf an, nu mußt du ihr auch zu behandeln wissen."

„Wieso, Onkel?" fragte ich aufmerksamer, während ich ein Bündel Kollegienhefte zusammenband.

Der Kapitän setzte sich rittlings auf einen Stuhl und scharrte mit den Füßen.

„Na, du mußt die Hosens anhaben, Korl; Weiber mit Hosens, das 's faul. Un bei euch Büchereulen, da soll's ja meistens so rauskommen. Wenn deine Frau erst weiß, dat du keine Ahnung hast, wat dein eigner Rock kostet, denn lacht sie heimlich über dir, un wenn die Weibers erst über einen lachen, denn swimmt ümmer 'n Stück Liebe mit weg."

„Meinst du das wirklich?" stotterte ich, nervös

76

an den Bändern meiner Hefte herumknüpfend. Das Herz hämmerte mir bis in den Hals hinauf. „Hältst du mich wirklich für ganz unpraktisch, Onkel? — Da wär' es ja — eigentlich eine Vermessenheit — daß ich Lilli — —"

Meine zitternde Stimme mußte einen starken Eindruck auf den Alten hervorbringen, denn er umklammerte plötzlich in seiner sitzenden Stellung meine Knie und brummte gutmütig, mit zuckenden Mundwinkeln: „J, Unsinn, Jünging, süh mal, hier in deinem gelehrten Hokuspokus büst du ja ein ganz prächtiger Mensch, an den jeder seine Freude haben muß. Un nu — un nu — — sag' eins —" der alte Seemann wollte durchaus auf ein anderes Gebiet gelangen — „sag' eins, wat knüterst du da eigentlich zusammen?"

Dabei zeigte er auf meine Hefte.

„Ach, das gehört zu meiner Arbeit, Onkel. Das nehme ich mit nach Rügen," antwortete ich versonnen.

„Nach Rügen?" Onkel Holm erhob sich schwerfällig, spie heftig aus und legte mir wuchtig die Faust auf die Schulter.

„Nee, Jünging" — murmelte er mit einbringlicher Kraft, „dat tu nich."

Ich starrte ihn an. „Nicht?" wiederholte ich verständnislos.

Der Alte wurde ärgerlich. „Laß den Krempel zu Haus," schrie er. „Verstehst bu mir?"

Er schlug mit der Faust auf den Schreibtisch und stieß meine Papiere beiseite.

„Onkel!" brach ich heftig aus. Mir schoß durch den Kopf, wieviel Fleiß ich an diese Notizen gewandt und welch reine Freude ich, sowie Professor Wackermann bei ihrer Feststellung empfunden.

„Laß den Krempel zu Haus, Korl," beharrte der alte Kapitän und sah mir mit seinen überbuschten, grellen Augen so überlegen und lebensklug ins Gesicht, daß ich davor verstummte. „Folg' mir, mein Söhning. Du sollst ja da drüben auch aus einen schönen Buch lesen. Versteht sich, aus einen Menschenbuch. Da steht noch viel drin, wat du nicht weißt. Glaub' mir. Un wer dat Buch so schön weiß und rein in die Hand bekommt as du, der soll Gott danken un an solch Zeug, wie da auf den Schreibtisch, zuerst gar nich denken. Wo? Nich wohr?"

Er streichelte mit seiner schwieligen Hand langsam über meine Wange, setzte sich die Mütze auf, drückte mir die Hand und schlürfte pfeifend aus meiner Stube hinaus.

Ich starrte ihm nach.

* * *

Am Nachmittag sah ich, wie meine Mutter einen Koffer für mich packte.

Die letzte Zeit über war die kleine Frau fast immer schweigend umhergegangen, beinahe lautlos. Nur manchmal, wenn ich arbeitete, spürte ich mitunter ihre weichen Finger liebkosend auf meinem Scheitel. Sie sprach nicht, aber ihre Blicke umfaßten mich mit einer Zärtlichkeit, als wenn uns die unbedeutende Reise nach der Insel für Leben und Tod scheiden könnte.

Die arme, alte Frau. Wie liebe ich sie über das Grab hinaus.

Ich selbst blieb ruhig. Die innere Erregung hatte in den letzten Tagen einen Grad erreicht, daß ich nach außen hin abgestumpft wurde.

Die Mutter bürstete nachmittags an meinem Hoch= zeitsstaat herum und legte behutsam eine weiße Kra= vatte hinzu. Alles behandelte sie mit einer rührenden, zärtlichen Feierlichkeit. Auch ein Hechtkreuz steckte sie mir heimlich in die Tasche. Das hatte sie schon lange für mich aufgehoben, es sollte mir Glück bringen.

Ich stand in der Schummerstunde am Fenster und blickte auf den dunklen Fluß hinunter.

In der Abendröte sah ich leuchtende Seerosen und bunte Teerflecke schwimmen, ich sah weithin über die Stoppelfelder nach den Kirchtürmen der nahen Fischer=

dörfer an der Mündung hinaus, immer ruhig und unbewegt, als wenn ich nicht an der Wende meines Schicksals stände.

Diese absolute Gleichgültigkeit, die mich hinderte, an das Nächstliegende, an mein schönes Weib zu denken, sie ist mir noch heute unbegreiflich.

Nur einmal streifte meine Mutter liebkosend meinen Arm und fragte: „Nun, Jünging, bange wird dir wohl nicht nach mir werden?"

Und ich entgegnete schnell: „Doch, Mutterchen, wie kannst du mir so fragen? Denke nur, Lilli hat ja versprochen, gleich am ersten Tage an dich zu schreiben."

„So? Hat sie — das versprochen?" murmelte die kleine Frau gedämpft; dann huschte sie wieder zu meinem Koffer zurück.

*   *   *

Gegen Abend besuchte ich meine Braut.

Ich fand sie in einem weiten, halbdunklen Zimmer, an dessen Wänden viele hohe eichene Schränke standen. Über einem Stuhl schimmerte in bläulicher Weiße ein Atlaskleid, ein Paar zierliche weiße Schuhe standen davor.

Einen Augenblick verharrte Lilli unbeweglich in der

Mitte des Zimmers, dann schritt sie rasch auf mich zu, führte mich lautlos zum Fenster, schlang dort ihren Arm um meine Schulter und lehnte ihr Haupt leicht gegen meine Brust.

Alles, ohne daß ein Laut die dämmrige Stille unterbrach.

Schweigend und doch innig miteinander verbunden standen wir beide und blickten gedankenverloren auf den einzigen dunklen Kastanienbaum des Hofes, in dessen Zweigen schon blaue Abendnebel woben.

Von der nahen Nikolaikirche klangen die Abend= glocken herüber.

Sie schauerte, von dem Klange getroffen, zusam= men und blickte mit ihren dunklen Augen voll zu mir auf.

Ich zog sie fester an mich. Alles ohne ein einziges Wort. Dieses lautlose Beieinandersein, dieses wunsch= lose Hindämmern jenes Abends bildet eigentlich meine glücklichste Erinnerung.

Eine Taube vom nahen Schlag schwirrte am Fenster vorüber. Das schreckte uns auf. Noch einmal fuhr ich ihr leicht über das Haar, sie hob ihren Mund gegen mich und küßte mich.

„Also auf morgen, Lilli,“ flüsterte ich leise.

Sie drückte mir stark die Hand und nickte leicht.

Dann hatte ich die Tür in der Hand und sah das
schlanke Mädchen noch immer abgewandt in die Däm=
merung hinausträumen.

*

Man will mir mein Buch nehmen.

Meinen Schatz.

Professor Wächter hat meinen Wärter angestiftet,
sich davon zu überzeugen, woran ich arbeite.

Der rohe, ungebildete Mensch. Immer, wenn ich
scheinbar nicht auf ihn achte, beugt er sich über die
Tischschublade und kramt mit seinen schwieligen Hän=
den dort herum.

O, wie ich heimlich über ihn kichere.

„Du wirst meinen Schatz nicht entdecken, einfäl=
tiger Proletarier — du bist nicht der Mann, den Pro=
fessor Barkentin zu überlisten; — ja, wenn du meine
Nachtkissen aufschneiden würdest, dann vielleicht — —
Aber so — ich lächle über dich, alberner Tölpel!"

— — — — — — — — — —

IX.

Orgeldröhnen — Gesang von Kinderstimmen — und lauter Widerhall der Worte des Geistlichen.

Mit einer merkwürdigen Bestimmtheit sah und hörte ich alles.

Sie stand neben mir auf den Stufen des Altars.

Ihren schlanken, vollen Arm, den der schwere Atlas straff umschloß, hatte sie weich unter den meinen gelegt — es erfüllte mich mit keinerlei Erregung. — Der Brautschleier floß ihr über das gesenkte Haupt und zitterte unter ihrem Atem unmerklich auf und nieder, und dieser geringen Bewegung folgte ich mit höchster Aufmerksamkeit; ich weiß nicht, es war, als ob ich mir die größte Mühe gäbe, mich von allerlei Kleinigkeiten ablenken zu lassen, nur um dem weißhaarigen, kleinen Pastor nicht zu lauschen, von dessen Worten meine Braut wie die ganze Gemeinde tief ergriffen schienen.

So seltsam es klingt, ich fürchtete mich vor der Feierlichkeit des Augenblicks.

Hinter mir hörte ich schluchzen.

Es war meine Mutter, die in der ersten Kirchenbank neben Lillis Vater saß. Deutlich vernahm ich, wie der Großhändler ihr in seiner überlegenen Weise zuflüsterte, sie müsse sich beruhigen. Dann wurde ein paarmal heftig geschnaubt. Das war Onkel Holm, dessen Rührung sich energischer äußerte.

Immer bewegter, eindringlicher sprach der Geistliche, er richtete jetzt das Wort direkt an mich.

„Geh' hin, mein Sohn, der du ein tugendhaft Weib gewonnen, und halte die Feuer deines Herdes in reinem Glanz, denn die Bestimmung des Mannes ist: herrschen und hüten, und das Schicksal des Weibes ist: lieben und dulden."

Machtvoll erbrauste die Orgel, Männer- und Kinderstimmen einten sich dort oben im Chor, Lilli erschauerte, und ich fühlte, wie ihre Glieder bebten.

Die Zeremonie des Ringewechselns nahte.

Ein Geflüster ging durch die Hochzeitsgesellschaft.

Da fiel mein Blick, der unstet in dem vorderen Kirchenschiff umherirrte, wie im Fluge seitwärts, auf eine Gruppe von Männern, von denen ich einzelne als Kapitäne meines Schwiegervaters kannte. Ganz vorn, an einer Säule, die anderen an Wuchs und Breite überragend, stand ein noch junger, rotblonder, sommersprossiger Schiffsführer mit untergeschlagenen Armen da. Er trug die kleidsame Galauniform der Befehlshaber großer Passagierdampfer; seine rotüberbuschten

Augen hielt er unverwandt auf mein junges Weib ge=
richtet, und an der Bewegungslosigkeit seines strengen,
energischen Gesichtes merkte ich, einen wie faszinieren=
den Eindruck meine Braut auf andere hervorbringen
müsse.

Das gab mich plötzlich dem Leben zurück.

Mein Herz begann vor ihrer Schönheit unvermittelt
laut zu schlagen, ich fühlte, daß ich so vieler Herrlich=
keit gewiß nicht würdig sei. Aber nein, ihr Auge traf,
als sie meine Bewegung bemerkte, nur mich. Mit un=
endlicher, sehnender Hingabe wandte sie sich zu mir,
so daß ich jetzt alle Fassung verlor.

O, wie zart und verklärt grünte der Myrtenkranz
auf ihrem Haupt.

Nein, nein, alle Gedanken dieses reinen Weibes
gehörten mir, mir Glücklichem.

Alles weitere verfloß wie in einem halb ängst=
lichen, halb glücklich umspinnenden Traum. Wir wech=
selten die Ringe. Sie schlug dabei den Schleier ein
wenig zurück und blickte mich an. Mir war es, als
ob mir ein Engel mit einer Hoffnungsbotschaft gegen=
überstände. Und doch zitterte ich in diesem Moment
von Kopf bis zu Füßen. Dann schritten wir hinaus,
die vollen Töne der Orgel folgten uns bis zum Portal.
Vor uns her gingen zwei kleine Mädchen, die uns

Blumen vor die Füße streuten. Und draußen wartete bereits der blitzende und strahlende Brautwagen.

Und mitten unter all den frommen Tönen hörte ich plötzlich Onkel Holms Stimme, der mit meiner Mutter am Arm uns folgte. „Sei still, Marieing, aber hol' mich der Deuwel, es war würklich sehr feierlich."

Ich hob meine Braut in die weißen Atlaskissen des Wagens; als ich die Tür hinter mir schloß, überkam mich mit sprunghafter Bangigkeit das Gefühl, als schließe sich zugleich auch mit dem Schlag jenes Tor, das mein bisheriges Leben von dem neuen trennen sollte. Meine Braut saß mit gesenktem Haupt. Ihr Atem ging kurz und leise.

*

Nur vorüberhuschende Schattenbilder, kaum sausenden Träumen vergleichbar, sind mir von dem eigentlichen Hochzeitsmahl geblieben. Alles unklar und undeutlich.

In dem großen Saal des Logenhauses saßen wir an einer hufeisenförmigen Tafel.

Viel strahlende Toiletten der Großhändlerfrauen, viel Offiziere mit blinkenden Uniformen, mir gegenüber eine ganze Reihe ehrwürdiger Universitätshäupter, unter ihnen Profeſſor Wackermann, der hinter ſeiner blauen Brille von Zeit zu Zeit ſtolz zu meiner Braut hinüberſchmunzelte, als wolle er ausrufen: „Du kannſt von Glück ſagen, daß du ihn bekommen."

Die Tafel war mit Blumen geſchmückt, Lilli und ich ſaßen hinter einem mächtigen, zehnarmigen Silber=kandelaber, deſſen Lichter ihre Züge hell beſtrahlten.

Ich weiß nicht, ich fühlte, wie wir immer befange=ner voreinander wurden, wie ich geiſtig abweſend mit ihr plauderte, und wie auch ſie viel von ihrer Sicher=heit verlor. Unter dem zuckenden Lichtſchimmer wech=ſelten, wenn ich ſie anſprach, ihre Farben häufig vom glühenden Rot bis zum ſchneeigſten Weiß.

O, in ihrer Verwirrung, in ihrer Schwäche, die mich doch mit verwirrte, lag ein ſo gefährlicher Zauber. Ich ertappte mich dabei, daß ich ſie manchmal an=ſtarrte, als ſei ſie ein mir ganz fremdes, liebliches Wunder.

Und dann begann in meine Hochzeit das hinein zu bringen, was ich heute das „Mahnende", das „War=nende" nennen möchte.

Profeſſor Wackermann klopfte an ſein Glas und hielt einen Toaſt. Der begann zuerſt ſehr luſtig und war direkt an Lilli gerichtet.

Er müſſe der jungen Frau etwas Unangenehmes

mitteilen. Ihr Ehegatte wäre nämlich durchaus kein leicht zu behandelnder Herr.

Man lachte über diesen Anfang, man winkte einander zu, Lilli drückte mir unter dem Tisch die Hand, nur meine Mutter blickte fast beleidigt zu dem Sprecher hinüber.

Ja, fuhr der Professor fort, während er die eine Hand hinter dem altfränkischen Frackschoß hielt und mit der anderen auf mich zeigte, der Doktor Barkentin hätte eine gute Fee. Das sei die Wissenschaft, die Sage, das Volksmärchen. Indessen, die junge Frau möchte diese Geliebte nicht unterschätzen. Denn jahrelang hätte in dem gemütlichen Schiffer= und Gelehrtenheim am Rick das Volksmärchen geherrscht, die beiden hätten — der stille Gelehrte und das Geisterkind — einander mit klaren Augen tief auf den Grund der Seele gesehen.

Nun würde das lebende, das blühende, das junge Weib bei dem Geistesarbeiter am Schreibtisch sitzen, und da wolle er, er, der ungelenke, alte, vertrocknete Professor Wackermann, dem schönen jungen Mädchen eine Mahnung, eine Bitte mit auf den Weg geben.

Der Professor beugte sich weit über den Tisch und redete jetzt Lilli mit tiefem Ernst an: „Du mußt in unseren Interessen völlig aufgehen, mein

Kind," schloß er mit leiser, erregter Stimme, „du mußt neidlos die Pracht und den Glanz der großen Welt hinter dir lassen und mit leisen Schritten in die Stille unserer Gelehrten-Gemeinschaft treten, du mußt dir fortan an den unmerklichen Freuden der Erkenntnis genügen lassen, ja, du mußt selbst werden wie das stille, klare Volksmärchen, so daß dein Karl, wenn er sich umwendet, in dir seine alte Begleiterin zu erkennen glaubt. Aber dann, dann, mein Kind, wird euer Glück auch erklingen wie ein Glockenspiel im Winde. Unendlich zart — unendlich harmonisch!" — Als der greise Gelehrte so gesprochen, setzte er sich plötzlich wieder auf seinen Platz, ohne ein weiteres Hoch ausgebracht zu haben.

Tiefe Stille herrschte im Saal.

Mir selbst war es, als hätte mir eine überirdische Hand unvermittelt eine Binde von den Augen gerissen, um mich in eine endlose, grellgraue Ferne blicken zu lassen.

Heftig, ruckartig wandte ich mich zu Lilli, die sich leise an mich geschmiegt hatte.

„Sag'," flüsterte sie gedämpft, während ihre großen Augen forschend angstvoll an den meinen hingen, „werd' ich das auch alles erfüllen können, was dein Freund von mir verlangt? Aber, nicht wahr, Karl, ich werde

es lernen, nicht wahr, ganz sicher, weil ich dich doch
so lieb habe?"

Ihre Stimme zitterte.

Ich sah sie an.

Da waren die Worte des warnenden Freundes wie
fortgewischt, ich sah nur, wie sie unter meinem un=
sicheren Blick verschämt die Farbe wechselte. Alle Mah=
nung war vergessen.

Sie lugte unter ihren dunklen Wimpern verstohlen
nach der großen Uhr oben an der Brüstung der Ga=
lerie, welche sich um den ganzen Saal zog.

Der Zeiger hielt die sechste Stunde.

Um 10 Uhr sollte uns der Zug nach Stralsund
entführen. Unsre Blicke trafen sich. Eine ganz fremde,
tanzende Welt tat sich vor mir auf.

Mir bangte nicht mehr, ich fürchtete mich nicht
mehr, all mein Gefühl war vor der Größe des Neuen,
das auf mich einstürmte, völlig untergegangen.

Nur an zwei Dinge erinnere ich mich noch.

Onkel Holm erhob sich und trank auf das Wohl
des Hauses Karström. „Da unser Korl boch keinen
lieben Vater mehr hat, un ich nu woll eigentlich das
Haupt der Fomilie bün."

Bei der Erinnerung an meinen Vater zuckte ich zu=
sammen, unwillkürlich mußte ich auf meinen Schwie=

90

gervater blicken. Ob er sich gleichfalls jenes häßlichen Gespräches zwischen uns entsann? Jedoch der Großhändler verharrte, wie immer, in seiner unburchbringlichen Ruhe.

Und dann erhoben sich nacheinander die Kapitäne der Reederei, um kurz im Namen ihrer Schiffe und Mannschaften ein Hoch auf meine Braut zu bringen. Als letzter sprach jener blonde, hochgewachsene Seemann, der mir schon flüchtig in der Kirche aufgefallen war.

Suche ich es mir nachträglich einzureden? Ich weiß es nicht. — Ich habe schon zuviel darüber nachgesonnen, aber mir ist es, als hätte ich damals bereits mit seltsamer, ängstlicher Spannung jede Bewegung dieses hohen, stählernen Körpers verfolgt. Seine energischen, hellen Augen umspannten meine Braut mit einer so unbekümmerten Zähigkeit, er hob sein Glas so ausgesprochen allein gegen sie, als befände er sich ganz einsam in der großen Gesellschaft, als hätte er ein Recht, sie so anzustarren, bis auch ich unwillkürlich Lilli ansehen mußte.

„Im Namen der Mannschaft vom Schiff ‚Stolz Pommerns‘!" rief er laut durch den Saal mit tiefer, markiger Stimme.

In dem Organ lebte etwas so Jugenbkräftiges.

„Kennst — du den — Herrn?" fragte ich stockend.

Lilli war so ruhig. Unschuldig zuckte sie die Achseln.

„Wer ist das, Vater?" wandte sie sich flüsternd an den neben ihr sitzenden Großhändler.

Und da vernahm ich den Namen zum erstenmal.

„Kapitän Jensen — habe ihn erst vorige Woche von Hamburg aus engagiert. Soll ein sehr fähiger Offizier sein. Morgen geht er mit dem ‚Stolz Pommerns' nach Süd=Amerika."

Lilli wiederholte mit ihrer lieben Stimme all diese Angaben.

Da vernahm ich den Namen zum erstenmal.

*   *   *

— — — — — Ruhig — ruhig — nicht wieder das Blut in der Kehle aufkochen lassen — nicht wieder mit dem Messer nach dem Namen auf dem Papier stechen! Still, es ist ja alles vorüber und — gerächt.

Aber damals hörte ich den Namen zuerst.

*   *   *

Ich höre die Eisenbahnräder rollen.

In den roten Sammetkissen eines Abteils erster Klasse sitzen Lilli und ich allein.

Draußen auf den Moorheiden tiefe Dunkelheit. Nur manchmal die aufflimmernden Lichter einer Ansiedelung, drinnen im Abteil trauliche Helle. Uns gegen=

über reflektiert ein scharf geschliffener Spiegel das flackernde Licht.

Sie saß an meiner Seite in ihrem dunklen Reise=kleid. Das Haupt hatte sie der Finsternis zugewandt, ihre Hand aber ruhte fest in der meinen.

Beide dachten wir an dasselbe, an die immer näher heranrückende Stadt.

Gedämpft, halb murmelnd sprachen wir über aller=lei. Über die Hochzeitsgesellschaft, über die Plätze, die wir auf der Insel aufsuchen wollten.

Da wandte sie ihr schönes Antlitz mir zu.

„Werden wir in Cona längere Zeit bleiben?" fragte sie plötzlich, sich zu mir zurückbiegend.

Es lag soviel Demut in dieser Frage. Mich durch=bebte es eigentümlich, daß sich dieses stolze Geschöpf so ganz von mir abhängig machen wollte.

„Wenn du es wünschest," erwiderte ich mit durch=brechender, verhaltener Zärtlichkeit.

„Ich? Nein, Karl, nur dein Wille."

O, ihre Worte klangen so warm. Sie zogen mich zu ihr. Unsre Häupter neigten sich. Unsre Lippen fan=den sich in einem langen Kusse; atmend umschlangen wir uns. Und unveränderlich rasselten die Räder, und draußen jagte das pommersche Land vorüber.

Immer näher rückte die Stadt.

Zweites Buch

I.

Cona!

Wie blitzen tausend bewegliche Lichter auf der ruhigen Wasserfläche. Wie springen die farbigen Pünkt= chen in der strahlenden Helle unaufhörlich in die Höhe. — Rot — grün — gelb.

Die See moussiert in der Sonne.

Es ist, als ob in dem weiten Becken eine leise summende, schimmernde Flüssigkeit schäume. Wohl= tuende, träumerische Ruhe webt über der engen Bucht. Aus den Schornsteinen der wenigen Fischerhäuschen, die ganz hinter grünen Obstgärten versinken, ringelt sich lichter Rauch.

Und im Rücken der Ansiedlung da ragt ihr auf, ihr hohen, weißen Kreidefelsen, und hoch oben auf euren Gipfeln da starren düster grüne Tannen= wälder schwarz, drohend, schweigsam in die Luft hinauf.

Das ist Cona.

Der Ort, wo mich das Narrenspiel meines Lebens mit ein paar wunderlieblichen Szenen äffte, der Ort, wo ich ernsthafter Berufsmensch mich wie ein verliebter Schäfer gebärdete, der Ort, wo ich zuerst das fremde

Wesen, das ich an mich gekettet, beleidigte und zu später Rache aufreizte.

O, ich sehe mich noch. Im hellen Sommeranzug — denn die Tage, die der scheidende Herbst uns schenkte, waren gesegnete — mit dem Strohhut, um den mein Weib ein buntes Band gewunden. In gelben Lederschuhen lief ich über den lockeren Sand des Strandes, um nach Lilli auszuspähen.

Ich hatte sie nur einige Minuten verlassen, um in unserem Fischerhäuschen nachzufragen, ob der Landbriefträger Nachrichten für uns gebracht hätte; jetzt hielt ich fröhlich einige Briefe aus der Heimat in den Händen. „Lilli!" rief ich laut, denn der weite Strand war menschenleer.

Wir und ein schweigsamer Regierungsassessor aus Stettin bildeten noch die einzigen Sommerfrischler in dem verlassenen Ort.

Ich fand die Gesuchte auf einem riesigen, bemoosten Strandsteine sitzend, der hart am Meere lag und von den fein gekräuselten Wellchen matt umspült wurde. Ich stutzte und rückte unwillkürlich an dem goldenen Kneifer, den mir Lilli schon als Braut statt meiner Brille geschenkt hatte.

In ihrer hellen seidenen Bluse mit dem schwarzen Seemannsknoten, dem kurzen, dunklen Röckchen, den gelben Stiefeln und dem Strohhut auf den blonden Haaren machte sie einen so frischen, lebenswarmen Eindruck, daß ich toller Narr noch einen Augenblick wie gebannt stehen blieb, um dies entzückende Geschöpf, das mir so zärtlich entgegenlachte, mit Muße bewundern zu können.

— Seit den acht Tagen, die wir in Cona weilten, betrachtete ich sie schon unzählige Male so. Jedesmal fiel mir etwas Neues an ihr auf, das mich entzückte, denn meine Augen hatten sich verändert, ich sah alles in einem anderen Lichte.

O, ich war sonnenglücklich, ich Betörter, nein, das ist nicht das rechte Wort, ich taumelte in einem fernen Wunderlande, ich fühlte keinen Boden mehr unter den Füßen, ich wußte nicht, ob ich schwebte oder ging; alles in mir und um mich war mir neu und doch seliger geworden. Der ganze brausende Rausch des Besitzes flackerte in mir und wiegte mich wie in wonniger Vergessenheit.

Sie war ja für mich das erste, das einzige, das herrlichste Weib.

Sie hatte mich erst aufgeweckt zu den Freuden des Daseins. Und ich weltfremder Büchermensch konnte mir mit dem neuen Geschenk nicht genug tun.

Mit ihr begann für mich die Welt, die Schöpfung.

O, wie lächelte ich jetzt, wenn ich daran dachte, daß ich vor diesem hingebenden Wesen einmal eine Art Furcht empfunden. Denn ich sah es ja, auch sie lebte in demselben Rausch wie ich. Auch sie schien eine andre. — Weicher, sanfter.

Ja, die Tage, die der scheidende Herbst uns schenkte, waren gesegnete.

*

Man ruft die Kranken zum Spaziergang. Ich schreibe nachmittags weiter.

———————————————————————

Sie saß auf dem gewaltigen, zackigen Strandstein und spielte mit ihrem roten Sonnenschirm.

„Lilli — wie bist du denn da hinaufgekommen? Du hast mich wohl aussperren wollen? — Sag' mal?"

„Wenn du mich so lange allein läßt," schmollte sie. Und doch warf sie mir unter ihren halbgesenkten Wimpern einen Blick zu, der mich deutlich ihre ganze Neigung erkennen ließ.

Damals entzückte mich das!

„Ich habe nur unsre Briefe geholt — sieh mal, drei Stück. — Noch nicht einmal aufgemacht — ich habe mich ganz außer Atem gelaufen, um rasch wieder bei dir sein zu können."

100

„Wirklich?"

Sie nickte mir lebhaft zu und rückte jetzt auf ihrem Stein zur Seite, als wollte sie mir Platz machen.

Ein Brettchen lag am Strande, das schob ich an den Stein hinan, sprang hinüber und saß bald neben ihr.

Sie rahmte mein Gesicht mit beiden Händen ein und küßte mich heiß und stürmisch. „Du Lieber — Lieber," flüsterte sie rasch, dann blickte sie sich jäh um. „Kann uns jemand sehen?" fragte sie errötend.

„I nein, Kind. Der Assessor ist baden gegangen. Und nachher schläft er."

„Also — dann sind wir ganz allein. — Du und ich —" sagte sie, „so ist es am schönsten."

„Ja, am allerschönsten."

Wir schwiegen eine Weile, wie traumverloren. Die See plätscherte leise an unsern Stein. Lilli sah mich an. Da holte ich die Briefe aus der Seitentasche hervor.

„Für dich ist auch einer da, Lilli. Von deinem Vater. Sieh mal, was hier steht: Frau Doktor Barkentin."

Aber sie schob meine Hand mit dem Briefe fort, als wollte sie davon nichts wissen. Dann lehnte sie ihr Haupt an meine Brust und sah mit ihren blauen Augen zu mir auf.

„Was denn, Kind?"

Mit leisem Druck zog sie mich zu sich hinab, und wieder fühlte ich die Wärme dieses lieblichen Mundes, bis mich von neuem jenes unbeschreibbare, stille, bebende Glück überkam.

Als ich mich sanft aus ihrer Umarmung aufrichtete, hatte ich meine Briefe vergessen. Seltsam! In diesen acht Tagen war mir überhaupt beinahe alles entschwunden, was hinter mir lag. Mein ganzes bisheriges Leben schien wie mit Nebeln bedeckt, nur mein junges, liebespendendes Weib wurde mir immer deutlicher.

Eine Zeitlang saßen wir enggeschmiegt nebeneinander und sahen über die weite See fort.

Ein lauer Wind trieb langsam blaue und grüne Schatten über die Fläche. Und weit hinten gegen den Horizont standen unverrückbar zwei winzige weiße Segel.

Man konnte sie für Möwen halten, die zur Küste flogen.

Ganz fern zur Seite, wie in verschwimmenden Wolken, konnte ich eine Kirchturmspitze entdecken.

„Dort liegt unsre Heimat, Lilli," begann ich endlich.

102

Sie zuckte zusammen. Dann umklammerte sie heftig meinen Arm. „Karl, du sollst nicht dort hinübersehen. Hörst du?"

Ein ganz ferner Ton der Angst klang heraus.

Einen Augenblick — erinnere ich mich — war ich betroffen, dann aber streichelte ich ihr glücklich lächelnd über die blonden Haare.

Wie stolz leuchtete ihr Antlitz, wie verzehrend lieb mußte sie mich haben.

„Ich denke ja an nichts als an dich," beruhigte ich sie und legte meine Hand auf ihre Schulter. „Nur an dich."

Sie seufzte wie im Traume auf. Dann schickte sie einen schweifenden Blick über die See, stützte sich auf den gebogenen Arm und zog mir rasch die Briefe aus der Tasche.

„Also jetzt darf ich lesen?"

Und wieder umschlang ich sie, und wieder ruhte sie einen Augenblick lächelnd in meinen Armen.

Dann erbrachen wir unsre Schreiben.

„Mein Vater grüßt dich," berichtete Lilli, nachdem sie ihren Brief flüchtig überflogen, „unsre Wohnung ist schon eingerichtet. Und was schreibt deine Mutter?"

„Hier, ja — sie ist gesund. Bangt sich aber sehr — — — Gott, die arme alte Frau. Wir müssen ihr

bald wieder schreiben, hörst du? — — Im oberen
Stockwerk wohnt sie auch bereits — und ja — ach,
denke mal, Mutter schreibt, Onkel Holm — du er=
innerst dich doch an Onkel Holm? — wie, Lilli? —
Onkel Holm ist Nachmittag auf dem Jagdschloß und
hofft uns dort zu treffen. — Du bist doch bereit?
Nicht wahr, es ist dir nicht unangenehm? Denk' mal,
Onkel Holm freut sich so."

Aber sie weigerte sich nicht.

Liebenswürdig, wie immer, war sie sofort einver=
standen. Nur mußten wir ungesäumt aufbrechen, wenn
wir den Alten noch zur Zeit erreichen wollten. Lilli
sprang an den Strand und strich sich ihr Kleid zurecht.

„Der schöne Spaziergang durch den dicken Ur=
wald —" rief sie erregt — „mit dir allein, Karl."

Sie faßte mich unter den Arm und zog mich mit
sich fort. Wir mußten für eine gewisse Strecke ein
Boot mieten. Im Weiterschreiten holte ich den dritten,
noch uneröffneten Brief hervor und musterte die Auf=
schrift.

„Ach, vom Professor —"

„Von wem, Karl?"

„Von meinem Freunde Wackermann. Mein Gott,
was kann der haben?"

Im Moment tauchten die grauen Mauern der Uni=

verſität vor mir auf. Ein gemütliches, heimliches Ge=
fühl beſchlich mich dabei.

Aber mein junges Weib riß mir Verblüfftem den
Brief lächelnd aus der Hand. Dann ſteckte ſie ihn
zu ſich.

„Nicht vor heute abend," rief ſie, heute gehörſt
du mir ganz allein, Karl. Ich will einmal ſehen, wen
du mehr ins Herz geſchloſſen haſt, mich oder den alten
Profeſſor?"

Sie ſchmiegte ſich noch enger an mich.

Und ich Unterjochter drückte den vollen Frauen=
arm, der leiſe zuckend in dem meinen lag — und
war glücklich.

II.

Beinahe atemlos langten wir auf dem Jagd=
schloß an.

Die ganze Wanderung durch den tiefen, dämmernd
dunklen Urwald mit seinen spielenden Lichtreflexen, mit
seinen eingezäunten Wildparks, in denen die schlanken
Rehe schmeichelnd und witternd bis an die Holzgitter
heranschritten — diese ganze Wanderung war wie ein
einziger, toller Überschwang gewesen.

Manchmal erschrak ich vor mir. — Unter all die=
sem Herumjagen, Haschen, Kosen, Verstecken, Küssen
und Liebäugeln kam mir blitzartig, entschwindend schnell
ein Gedanke aus einer anderen Welt, aus der Welt
jenseits der See, aus der Ruhe meines bisherigen Da=
seins — aufzuckend tauchten Bücherregale vor mir
auf — die kleine Stube — die brennende Kupfer=
lampe. — Aber das alles war nur wie ein fliegender,
seltsamer Wellenschlag im Hirn, dann brauchte ich nur
auf die schmiegsame Gestalt meines Weibes zu blicken,
das sich vor mir hinter einem Eichstamm verbarg; ich
brauchte nur ihr kurzes Röckchen flattern zu sehen,
und ich flog mit jenem lauten Lachen, das ich mir
angewöhnt hatte, in ihre Arme.

106

Weiter — weiter — — —.

Atemlos langten wir auf dem Jagdschloß an.

Auf dem freien Platz des Burghofes fiel mir sofort Onkel Holm in die Augen.

Breitbeinig saß der alte Kapitän unter einer uralten Linde und hatte trotz des warmen Wetters vor sich auf dem Tisch ein gewaltiges Glas Grog dampfen, aus dem er zuweilen behaglich schlürfte.

Lilli war es, die ihn zuerst anrief.

„Gott's Lüchting — Kinnings, da seid ihr jo,‟ schluckte er und hinkte auf uns zu.

Wie er so vor uns stand, unbeholfen seine blaue Mütze lüftete und jedem von uns eine seiner plumpen Hände entgegenstreckte, da schien es mir, als brächte er förmlich die Luft unseres Schifferhäuschens mit sich. Sicherlich, noch nie hatte ich mich über den alten Seebären so gefreut, und auch er blickte immer wohlgefälliger auf Lilli und mich.

„Süh — süh,‟ nickte er nach den ersten Begrüßungen, legte mir die Hand auf die Schulter und musterte mich eingehend, als ob er ein Pferd kaufen wolle. „Jünging — wie sühst du aus? — Rote Backens und ordentlich 'n buntes Band um'n Hut? — Na, nu guck mal einer, un ordentlich gelbe Stieveln? Ne, wo haben Sie das bloß fertig gebracht, junge Frau?‟

Lilli lächelte.

Seltsam, zum erstenmal fiel mir auf, wie sie in Gegenwart Dritter, selbst im Beisein dieses alten harmlosen Mannes, sofort wieder die vornehme, blasse Dame aus der Stadt war, die Patrizierin, die nur durch einen merkwürdigen Zufall in unsre Kreise geraten schien.

„Seien Sie mir herzlich willkommen, Onkel Holm," sprach sie liebenswürdig, während sie den Händedruck des Alten erwiderte.

Wir nahmen an dem Tisch unter der Linde Platz.

Und je länger der Seemann uns musterte, je mehr ich ihm von Lilli und mir erzählte, desto vergnügter wurde er. Zuletzt konnte er sich nicht mehr halten. „Auf Ihrem spezialem Wohlsein, junge Frau Doktor!" Er stürzte sein Glas Grog hinunter, bestellte sich sogleich ein neues und strich liebkosend mit seiner breiten, schwieligen Hand über Lillis rosige Fingerchen.

„Also gar kein Buch aufgemacht? — Kieck, was hab' ich ümmer gesagt: Aus Korlen wird noch wat ganz Vernünftiges. Nich wahr, junge Frau?" Er streichelte immer intensiver und kräftiger. Lillis zarte Haut begann sich unter seinem Druck zu röten. „Aberst, zwei Millionen Schock Heringe, wat müssen Sie auch for ne nüßliche-lütte Fee sein, dat Sie so wat fertig

kriegen? Na, denn haben Sie ihm auch woll ordent=
lich un wahrhaftig lieb, Kindbing? Wo?"

Mir klopfte das Herz. Was würde sie antworten?

Aus Lillis dunklen Augen leuchtete ein Strahl jenes
verhaltenen Feuers auf, das dieses weiße Antlitz so
merkwürdig beleben konnte. Statt einer Antwort reichte
sie mir nur über den Tisch hin die Hand, jedoch mit
einer so rückhaltlosen Hingebung, daß der alte See=
mann ganz außer sich geriet.

Deutlich erkannte ich, wie Freude und Rührung
in ihm kämpften.

Er blies mit einem Knall eine Luftladung von sich,
ohne jedoch eine Pfeife im Munde zu haben, schlug sich
auf die Knie, schob dann ein neues Stück Priem
zwischen die Zähne und endete endlich damit, daß er
laut nach dem Kellner pfiff.

Ein halbwüchsiger Junge stürzte atemlos heran
und fragte, ob der Herr noch ein neues Glas Grog
wünsche.

„Grog?" knurrte Onkel Holm und besah sich den
dienstseifrigen Kleinen, „ne, min Jung — — Scham=
panscher — bring' uns ne Bubbel Schampanscher
— von den allerfeinsten — — Man still, Kor=
ling, ich bezahl' ihm," wendete er sich beruhigend
an mich.

Und als der Kellner uns verlassen, rückte der Alte zärtlich an Lilli heran und klopfte ihr ganz verliebt auf den Arm.

Ich sah, wie sich um die frischen Lippen Lillis ein leis=ironischer Zug legte, und dennoch suchte sie sich durch keine Bewegung den Zärtlichkeiten des Kapitäns zu entziehen.

„Also kein Buch hat Korl aufgemacht?" fuhr Onkel Holm behaglich brummend fort. „Und da habt ihr hier also so die richtigen Flitterwochens verlebt? — I, da bestell' ich gleich noch ein paar Dutzend Austerns dazu; — kommt mich gar nich drauf an — Korling, mein Jünging, mir kitzelt das heute so millioneserisch. Achtundvierzig Jahr zur See gefahren, junge Frau Doktor; — kann ick mich so wat schon leisten. Wo? — nich wohr? —"

Der Champagner kam. Onkel Holm goß ein und stieß mit Lilli an. Seine grauen Augen blinkten, die dicken Lippen bewegten sich krampfhaft, als ob er etwas Großes plane; dann erhob er sich mit aufgestemmter Faust ein wenig über den Tisch, sah sich glückselig um und sprach plötzlich ein paar ungeschickte Reime.

Der ungewohnte Wein war ihm augenscheinlich zu Kopfe gestiegen.

110

Es klang etwa wie:

„Wir sitzen unter der Linde
Ganz bichting bei die See,
Das nächste Glas trink' ich auf eurem Kinde,
Wenn ich nicht vorher von bannen geh'.“

„Wat seggst du, Karling? Dat is von mir. Ganz
allein gemacht. — Hoch, junge Frau! Na, also übers
Jahr!“

Wie ungebildet sich der Alte im Grunde gebärdete.

Eine peinliche Empfindung beschlich mich. Wie sehr
mußte Lillis Zartgefühl verletzt sein. Nur mit An=
strengung wagte ich, in das Antlitz meines jungen
Weibes zu blicken.

Und da — —

Nein, es mußte Täuschung sein. Zuerst war es
mir ganz unverständlich. Um die frischen Lippen des
jungen Weibes schweifte ein heiteres, lebensfrisches
Lächeln. Nicht den geringsten Anstoß schien sie an der
derben Äußerung des Kapitäns zu nehmen. Im Gegen=
teil — sie schüttelten sich gegenseitig die Hände und
ließen die Gläser erneut zusammenklingen.

Ein Gedanke dämmerte mir zum erstenmal.

„— — Sieh sie dir genau an; dein Weib ist das
frische, freie, natürliche Leben, sie folgt allgemeinen
Naturgesetzen — denen du durch deine eingekerkerte

111

Lebensweise allzulange entfremdet warst. Wie, wenn du nun bald in diese ungesunde Abschließung zurückfallen könntest?"

Nein, nein, nicht immerfort grübeln!

Ich raffte mich auf.

Um mich herum wehte der frische Seewind, über mir rauschte die mächtige Linde und streute Blätter auf uns herab, und bei mir saßen diese beiden Menschen, die so fest im Leben wurzelten.

Ich sprang auf, ergriff meinen Champagnerkelch und rief laut, wie verängstigt:

„Ein Hoch dem Leben!"

„Unserem Leben, Karl," flüsterte mein Weib strahlend. Und Onkel Holm klopfte mir schallend auf den Rücken und knurrte: „Korling — Korling — ich freue mir über dir."

III.

Es war Nachmittag geworden.

Rotgolden fiel die Abendsonne durch die Blätter. Wir mußten uns von Onkel Holm verabschieden, wenn wir nicht bei völliger Dunkelheit heimwärts wollten.

Der Wind kam von der See und pfiff bereits kühl an uns vorüber.

Der alte Seemann hatte mir zuletzt alles mögliche von der Heimat berichten müssen. Auf diese Weise glaubte ich auch herausgefunden zu haben, daß es meine Mutter war, die ihren Bruder direkt zu der Inselfahrt veranlaßt hatte, um sich von meinem Ergehen zu überzeugen.

Ach, die liebe, kleine, zärtliche Frau mit ihrer überwältigenden Neigung zu mir!

Zuletzt erkundigte ich mich nach meinen Universitätsfreunden, vor allem nach dem Professor.

„Wackermänning?" lachte der Kapitän, der uns noch ein paar Schritte begleitete, und wiegte überlegen den Kopf. „Na — hat euch neulich ein ganz großartiges Hochzeitsgeschenk gebracht."

Und als sich Lilli interessiert danach erkundigte, spuckte der Seemann seinen Priem aus und brachte, während er mir ein bißchen ironisch mit den Augen zuzwinkerte, trocken hervor, daß es ein alter Pappdeckel sei. „Kann auch Sweinsleder vorstellen. Na, jedenfalls wat ganz Lumpiges un Zerrissenes, Korl."

„Schweinsleder?" wiederholte ich betroffen. Und plötzlich drückte ich Lilli beinahe jubend die Hand.

„Um Gottes willen — denke dir doch, Lilli" — rief ich laut durch den Wald, „der Professor hat uns die Mönchshandschrift des Horaz gebracht. — Sie ist plattdeutsch geschrieben. — Den größten Schatz, den er überhaupt besitzt — — der liebe, alte, feinsinnige Mann. — Nein, wie kann ich ihm das je vergelten? — Lilli, du sagst ja gar nichts?"

„Ich?" stammelte sie verwirrt.

Der Kapitän starrte mich verblüfft an. „Na denn man zu," knurrte er. „Ick muß nu zurück. Abschö auch, Kinnings — abschö, liebe junge Frau. — Wissen Sie wat Neues? Wenn Korl Ihnen nich schon geheuratet hätt', un wenn ick wat Feines gewesen wär', un wenn Sü mir hätten haben wollen, denn hätt' ick Ihnen selbst geheuratet — wahrhaftig, ick Jehann Hinrich Holm. Denn Sü sünd 'n natürliches Weib, wat in be Welt paßt. — Na, un nu bleib' gesund — Korling — und reg' dir nich zuviel über dat Geschenk von den verrückten Professor auf. — Abschö!"

Er hinkte zurück.

Wir schritten allein durch das schnell dunkler wer=
dende Gehölz. Eine Zeitlang schwiegen wir. Das
Abendrot erstarb. Immer kälter pfiff der Wind durch
die Zweige. Von der See hörten wir ein Heulen
heraufbringen.

Ich schauderte und empfand es wohlig, daß sich
Lilli an mich schmiegte. Die Wärme dieses jungen
Körpers durchdrang mich wie ein heißer, tröstlicher
Trank gegen den Frost, der alle meine Glieder
schüttelte.

Immer von neuem mußte ich empfinden, wie schön
sie war.

Es wurde dunkler.

Tief unter uns raste die See gegen die Kreide=
felsen. Mächtige Windstöße jagten durch den knarren=
den Wald.

Unwillkürlich schlang ich den Arm um Lilli, und
sie drängte sich zutraulich an mich.

„Frierst du?" fragte sie mich durch die Dunkel=
heit. Ich verneinte, während mir die Zähne klapperten.

Schneller und schneller rannten wir durch den ab=
schüssigen Forst.

„O — du liebes, zerstreutes Haupt, du," kicherte
Lilli plötzlich neben mir.

Ich wollte etwas fragen, aber der eisige Wind schnitt mir die Worte vom Munde fort.

Da drückte sie mir ein Papier in die kalte Hand. Ihre Finger waren noch warm. Lebhaftes Blut pulsierte darin.

„Siehst du — nun hast du doch deinen Freund vergessen; hier ist sein Brief. — Nur an mich hast du gedacht. Nicht wahr?"

Sie warf plötzlich ihre Arme um meinen Hals und küßte mich lebhaft. „Hu — wie kalt du bist, Karl," rief sie mit ihrer frischen Stimme. „Aber nun sind wir bald in unsrer kleinen Stube. Da lasse ich ein bißchen Feuer machen. Dann ist es gemütlicher, nicht?"

Und wieder drängte sie sich an mich und zog mich fort.

Ich hatte den Brief des Professors umklammert, den ich vor Dunkelheit und Frost nicht lesen konnte.

* * *

Es war eine Stunde später.

In dem niedrigen, grünen Kachelofen unseres Stübchens flackerte helles Feuer.

Draußen tobte die See, der Sturm klirrte an die Scheiben des kleinen Conaer Schifferhauses und ließ zuweilen selbst das Licht der Lampe aufzucken.

116

Ich werde den Abend nie vergessen.

Nie.

Lilli entkleidete sich in dem winzigen Nebenstübchen, in dem wir schliefen, und legte ihr Nachtkleid an.

Ich hörte sie nebenan rascheln und plaudern.

Ich selbst erbrach bei der niedrigen Lampe das Schreiben, das ich noch nicht gelesen.

Mein Kopf glühte, während meine Füße Eiseskälte durchdrang. Die Pulse hämmerten und zuckten, ich spürte, daß ein Fieber im Anzug sei.

Der Heimweg bei dem eisigen Nordost hatte es mir angetan.

Dennoch überflog ich atemlos die wenigen Zeilen.

Und da — —

„Lilli — Lilli —"

Was war das?

Meine Augen umflorten sich. Mir war es, als wenn dicke, weiße Schleier durch das Zimmer zögen.

Und doch stand es ganz deutlich mit den riesigen Buchstaben Wackermanns da. — Ich war Professor geworden. — Die neue Ausgabe der Volkslieder hatte mir die Professur eingetragen.

„Lilli — Lilli!"

„Karl?"

„Ich bin — Professor — geworden."

Nebenan schwieg es. Ich fuhr herum. Ich glaubte, sie müsse längst neben mir stehen. Dieser Aufschub machte mich ungebuldig.

Das Fieber rollte schon in mir.

„Warum kommst du denn nicht?" schrie ich.

Da flog sie zu mir herein.

Das Nachtkleid war noch geöffnet, fliegende rote Bänder flatterten hinter ihr her, ein weißer Streifen ihrer Haut leuchtete hervor, der betören mußte, aber ich sah nichts — nichts von ihrer Schönheit.

Sie küßte mich, sie streichelte mich, sie gab mir tausend liebe Namen, sie beugte sich zum Schluß über mich und herzte mir die Hände — vergeblich — ich glaube, ich Tor bemerkte das alles gar nicht. — Ich dachte nur an mich und stammelte nur manchmal:

„Professor!"

Dann beugte ich mich wieder über den Brief. Das Fieber sprühte mir aus den Augen. Auch Lilli merkte es.

„Komm, Karl."

Ihr Ruf klang so angstvoll. Zärtlicher hätte meine Mutter nicht bitten können.

O, und ich Narr vernahm nichts, ich überhörte die heiße Liebesklage, die ich später so oft vergeblich herbeiflehte, um die ich nach Jahresfrist auf den Knien gejammert hätte, ich durchsuchte nur wie irre meinen Brief.

118

Da stand es.

„Man ist allgemein auf deine Antrittsvorlesung gespannt. Hast du tüchtig vorgearbeitet? Und konntest du dort drüben vielleicht neue Volkslieder auffinden?" — — — —

Neue — Volkslieder? Ich starrte mein Weib an, das meine Hände ergriffen hatte.

Draußen krachte ein Windstoß gegen die Holzwände, daß das Häuschen sich zu biegen schien. Die See toste und brüllte ihr erdhungriges Lied.

„Komm, Karl, für heute ist es genug."

Ich sah mich erregt in den Ecken um.

„Was suchst du denn?"

„Meine Bücher —"

Sie trat einen Schritt zurück.

Wenn das Fieber in meinen Adern nicht bereits laut gerast hätte, dann würde ich bemerkt haben, wie ihre glühend roten Wangen ein Schauer überflog.

„Deine Bücher?" atmete sie.

Da hatte ich hinter dem Schrank auch schon den zusammengebundenen Stoß gefunden. Ungeduldig riß ich die Schnur auf und streute die Bücher, Hefte und Mappen auf den Tisch.

Nur ordnen wollte ich, hervorsuchen, mir einen Plan machen. In acht Tagen begannen ja schon meine

Vorlesungen. Und über meinem Weibe hatte ich bis jetzt alle Vorbereitungen versäumt. Das konnte sie kaum verantworten.

Wie mich jede Zeile meiner Hefte fesselte, wie mir jeder Band eine Flut von Erinnerungen brachte.

Während ich auf den Tisch starrte, versank ich in diese Welt von Notizen wie in ein weiches Bett, wie in ein wohliges Bad.

Lilli lehnte an dem Türpfosten der Nebenstube. Wortlos verfolgte sie mich. Nur ihr Atmen drang zuweilen bis zu meinem Ohr.

Da wandte ich mich ungeduldig zu ihr. Ihre Augen umfaßten mich.

„Geh zu Bett, Kind —. Ich bleibe nur noch einen Moment auf —. Eine Minute. — Ganz kurz will ich mir noch den Gang meiner Vorlesungen aufschreiben —. Ich muß ja jetzt — ich habe schon zu viel versäumt. — Gerade jetzt nach meiner Ernennung — — —"

Und wieder faßte mich eine neue Randbemerkung meiner Hefte.

Ich sah und hörte nichts mehr. Hinter mir wurde es still. Ein Ton drang noch zu mir, wie wenn die Tür geschlossen würde.

Gottlob ungestört.

Es brauste und rauschte in mir. Die Kälte durch=
schnitt mich, daß ich von Zeit zu Zeit den Ofen öff=
nete, um meine Hände über die Flammen zu halten.

Aber das Fieber hielt mich aufrecht.

Ich setzte mich nieder und begann zu schreiben.
Als ich mich erhob, taumelte ich.

Es war Morgendämmerung. Aus dem verlöschen=
den Feuer des Ofens trieb der Sturm die letzten
Funken heraus — —

Aber ich lachte: Ha ha — ich Glücklicher — Ich
war Professor geworden.

IV.

Als ich mich am nächsten Morgen erheben wollte, fand ich mich wie gelähmt.

Ein entsetzlicher Schmerz fraß in meinem Hirn, meine Zunge schien vertrocknet im Munde zu kleben, und die Haut brannte mir wie flüssiges Feuer.

Das war die Nachwirkung der toll verbrachten Nacht.

Ach, und Lilli beugte sich so tröstend über mein Lager, sie strich mir so sanft die schweißnassen Haare aus der Stirn; sie schien tiefergriffen über meine Krankheit zu sein.

„Aber es wird morgen sicher schon besser sein," tröstete sie mit ihrer hellen Stimme, die sie so wohltuend herabdämpfen konnte, „solch ein Fieberanfall verfliegt ja so rasch, Karl. — Ich habe übrigens gleich nach dem Arzt geschickt. Wenn er nur nicht zwei Stunden Weges hätte." — — —

Eine trübe Zeit folgte nun, die mich noch in der Erinnerung peinigt.

Ein schleichendes, immer wiederkehrendes Fieber hatte mich gepackt. Die Pulver des Landarztes erwiesen sich dagegen als machtlos. Aber stärker noch als die körperliche Hitze quälte mich die geistige Glut — die tolle Arbeitslust, das heftige Verlangen, mich in meinem Beruf betätigen zu können.

Mein junges Weib hatte schwer mit mir zu leiden.

Heute begreife ich kaum ihre unendliche Geduld, ihre Sanftmut, ihr stilles, beruhigendes Wesen. Damals jedoch, damals beschäftigte mich Unseligen unausgesetzt etwas anderes.

Alle meine Gedanken schweiften um meine Lieder und Märchen; selbst wenn ich im Bette von dem tückischen Frost geschüttelt wurde, murmelten meine Lippen noch abgebrochene Strophen.

Dann ergriff Lilli, die neben meinem Lager saß, besorgt meine Hand, dann reichte sie mir den fieberstillenden Trank oder lehnte ihre Wange an die meine, als könnte sie mir mit ihrer frischen, lebendurchpulsten Haut Linderung bringen. Gott, wenn ihr Haupt so still und friedlich neben dem meinen ruhte, wenn ihre dunklen Augen so groß und fragend in den meinigen zu lesen schienen, dann beklemmte es mich urplötzlich, als ob sie einen schweigenden Vorwurf gegen mich erhoben.

Doch sie sprach nichts dergleichen aus.

Gerade während meiner Krankheitstage hätte ich

jene ihr angeborene gleichmäßige Vornehmheit bewundern können, die mir im Anfang unserer Bekanntschaft so aufgefallen war. Stets achtsam und liebenswürdig verharrte sie an meinem Lager, sie leistete mir alle Handreichungen mit einer Anmut, die jede Bewegung abelte. Sie schwieg, wenn ich zu ruhen wünschte — sie plauderte, wenn es galt, mich aufzumuntern, und durch alles hindurch zitterte ein Ton der Liebe, erst stark und gewaltig, dann schüchterner und zurückhaltender.

Aber ich Unglücklicher beachtete das alles nicht sonderlich. Durch meinen Kopf schwirrten nur Lieder — Lieder und Märchen. Und allmählich regte sich in mir auch die Tollheit, der zarten Frau dasselbe Interesse für diese Dinge einimpfen zu wollen, das mich selber beseelte. Ich erinnere mich noch an einen Morgen.

Matt und zerschlagen ruhte ich in meinen Kissen. Der Fieberanfall war mit dem heraufdämmernden Tage gebrochen.

Draußen vor dem geschlossenen Fenster wallte dicker, wolliger, undurchsichtiger Nebel; der hatte weithin die See verschlungen und stand nun unverrückbar da, wie ein entsetzliches starres Nichts.

Ich wandte meine schmerzenden Augen darauf hin.

Die graue Einöde hielt mich seltsam fest.

Nach einiger Zeit begann ich:

„Lilli."

„Ja, Karl."

„Reiche mir das Heft dort mit dem grünen Rücken, ja?"

„Du willst — du willst jetzt lesen?"

„Ja — ja — mir ist etwas eingefallen — weißt du, das mußt du hören" — — ich blätterte haftig hin und her — „auch vom Nebel. Das wird dir gefallen, Lilli. Ich habe es selbst aus einem alten Volkslied übertragen. Da hier —"

Da stand der Vers:

„Sie stiegen ans Land, die Riesen, zu drein
Und hüllten in weiße Nebel es ein.
Die Stadt ging unter, der Turm versank,
Nur manchmal wimmerte Glockenklang
Hervor aus den wallenden Tiefen,
Als ob dort Gestorbene riefen."

Noch einmal wiederholte ich den Vers, dann fragte ich:

„Seltsam? — Nicht wahr, Lilli?"

Sie ließ die Hände in den Schoß sinken und sah schweigend in die grauen Massen hinaus. Ihr schmales, weißes Profil schien unbeweglich. Auch ein nie vorher gesehener Ernst fiel mir heute in diesem Antlitz auf.

Da brängte ich noch einmal.

„Nicht wahr, Lilli, das ist doch sehr schön?"

Ungebuldig warf ich mich in meinen Kissen herum. Da nickte sie ernsthaft, als wenn sie sich erst jetzt von ihren eigenen Gedanken lösen könnte.

„Ja, Karl, es mag sehr schön sein," gab sie zögernd zu, „aber verzeih, mich stimmt es traurig, mich erinnert es zu sehr an die — Vergänglichkeit."

„Alles ist vergänglich," belehrte ich und sah in mein Heft. Ich dachte kaum noch an das, was ich sprach.

Sie verstummte. Und ich vertiefte mich eine ganze Zeitlang so aufmerksam in meine eigene Niederschrift, daß ich das holde Geschöpf neben mir beinahe vergessen hatte.

Plötzlich jedoch empfand ich, daß ihre dunklen Augen voll und fordernd auf meinem Antlitz ruhen müßten. Wie ein Zwang erfaßte es mich, bis ich mich ebenfalls ihr zuwenden mußte.

Sie hatte verstohlen meine Hand ergriffen, und nie, nie vergesse ich den süßen und doch so tiefernsten Ausdruck, den sie in die wenigen, einfachen Worte legte. „Nein — Karl — das darfst du nie wieder zu mir sagen. Nicht alles ist vergänglich — nicht alles."

Dann beugte sie sich langsam herab und legte ihr

126

Haupt auf meine Brust. Und kaum hörbar wieder=
holte sie dabei noch einige Male, „nicht alles" —
als wollte sie sich diese Worte unauslöschlich fest ein=
prägen.

Plötzlich krampfte sich ihr Körper zusammen, ich
fühlte, wie sie gewaltsam ein Schluchzen verbarg, und
wie sie sich immer fester an mich anklammerte, damit
ich ihr Antlitz nicht erforschen könnte.

So lag ich da, angstvoll, verschüchtert, und wußte
nicht, daß ich armer gelehrter Mensch uns beiden mit
einer Phrase das Urteil gesprochen.

*
*

Ich saß wieder an meinem Arbeitstisch. Die Krank=
heit war nach einigen Tagen gewichen und hatte nur
eine große Schwäche und Reizbarkeit hinterlassen.

Und dennoch saß ich freudig in meine Hefte ver=
tieft.

Lilli lehnte neben mir auf dem Sofa und las
eifrig in der bereits gedruckten Ausgabe meiner Lie=
der. Sie war jetzt emsig bemüht, so weit sie es ver=
mochte, in mein Fach einzudringen. Oft fragte sie
mich nach diesem oder jenem Ausdruck; zuweilen mußte
ich ihr auch eine knappe Erklärung für eine ihr un=
bekannte mythologische Figur geben. Dann neigten sich

unsere Häupter eng aneinander über das Buch, und während sie mir leise und dankbar die Hand drückte, suchte ich sie mit innerlichem Stolze zu belehren.

O, diese Stunden machten mich so glücklich. Hier meine Arbeit und dort mein Weib, das eine so enge geistige Verbindung mit mir erstrebte. Auch auf meine Wissenschaft war ich stolz, die eine solche Macht über diese schöne Frau gewinnen konnte.

„Frau Professor," neckte ich sie manchmal, von meiner Arbeit aufsehend.

Dann neigte sie sanft lächelnd ihr weißes Antlitz und lehnte sich für eine Sekunde warm an meine Schulter.

Immer nachdenklich. — Ja, meine Wissenschaft mußte es ihr angetan haben.

*　*
*

Draußen wehte Herbstwind.

Der Regen hatte aufgehört, jetzt flog huschender Sonnenschein über den gelben Strand. Vor unsern Fenstern zwitscherten die Sperlinge. Ihr lebhaftes Gezänk schreckte mich auf.

Merkwürdig — mein Weib hatte ihr Buch in den Schoß sinken lassen und blickte unbeweglich auf die lachende See hinaus.

Ich berührte sie.

„Wie einsam es hier ist," murmelte sie unwill=
kürlich. Dann erhob sie sich und öffnete das Fenster.
Man hörte das laute Aufschlagen der Strandwellen
und das Säuseln des Windes. In diesem Augenblick
neigte Lilli gegen einen Vorübergehenden freundlich
und doch vornehm, wie immer, ihr Haupt.

„Wen grüßt du, Lilli?" forschte ich erstaunt.

Sie zuckte die Achseln. „Den Assessor," gab sie
interesselos zurück. Und halb für sich setzte sie hinzu:
„Morgen reist er ebenfalls fort."

Eine Zeitlang blieb es still zwischen uns beiden.

Die hohe Gestalt verharrte abgewandt von mir
am Fenster und ließ ihre Augen auf der weiten
Wasserfläche ruhen.

In mir jedoch klang das Wort, das sie gesprochen,
mit verwundender Schärfe nach. Wurde ihr der Auf=
enthalt mit mir allein schon peinlich? Ich besann mich,
daß wir uns eigentlich auf unserer Hochzeitsreise be=
fanden, wenn auch das Ende mehr und mehr einer
arbeitsamen Studienfahrt glich.

Zum erstenmal beschäftigte ich mich wieder mit
ihr. Denn ihr Wort tat mir förmlich weh.

„Lilli, langweilst du dich hier?"

Jedoch sie wandte sich nicht, sondern sah ruhig
weiter über die glitzernden Wasser fort.

Ich trat ihr näher. „Sehnst du dich nach Hause?" fragte ich eindringlich weiter.

Langsam kehrte sie sich mir zu und nickte wortlos.

„Lilli," rief ich vorwurfsvoll und schmerzlich.

Da ergriff sie meine Hand.

„Karl," brachte sie stockend hervor und hob den Blick nicht vom Boden, „ja — ich — sehne mich nach unsrer eignen Häuslichkeit."

„Und warum, Lilli? — warum? — Sprich die Wahrheit."

O, und sie log nie. — Niemals — nicht einmal aus Erbarmen sprach sie die Unwahrheit.

„Hier ist es — so kalt — und trostlos," stammelte sie.

Einen Augenblick stand ich wie erstarrt. Mir war es, als ob sich ein Abgrund zwischen uns öffne, aus dem ein schneidender Wehlaut heraufgelle. Ich schloß die Augen. Dann aber stürzte ich auf sie zu, küßte ihr stürmisch Hände und Arme und flüsterte der Überraschten fast bittend zu:

„Lilli, wollen wir morgen fahren?"

„Morgen?"

Ein Sonnenstrahl erhellte ihr Antlitz. Wieder nickte sie nur. Aber ihr voller Mund lächelte diesmal. Und plötzlich warf sie sich in meine Arme, und unter all

130

meinen Küssen vernahm ich, wie sie leise und schmerz=
lich aufseufzte.

„Lilli?"

„Ja, Karl?"

„Du hast doch nichts gegen mich?"

„Wo denkst du hin, Lieber? — Nichts. Nein,
aber zu Hause wirst du auch ungestört arbeiten kön=
nen. Wie?"

„Ja, ja, da hast du recht," rief ich freudig,
„ich packe sogleich meine Bücher. Wir wollen nach
Hause."

Wir machten uns wegefertig.

Am nächsten Tage verließen wir die Insel, wo wir
unsre Flitterwochen verlebt. Rauschend durchschnitt das
Schiff die anstürzenden grünen Wogen und schäumte
unsrer Heimat entgegen und — unsrem Schicksal.

Was war aus der einfachen Wohnstube der kleinen Frau Kapitän Barkentin geworden?

Ein vornehmes, in dunklen Farben gehaltenes Speisezimmer, mit Portieren aus weichen türkischen Teppichen. Sogar elektrisches Licht war in das alte Schifferhaus gezogen und goß nun aus einer englischen Kupferkrone seine Lichtflut über den massiven, mit weißer seidener Decke belegten Tisch, um den wir gemütlich beim Kaffee plauderten.

Um fünf Uhr hatte uns meine liebe kleine Mutter unter Tannengirlanden und Willkommengrüßen — vor Freude und Rührung beinahe schluchzend — unten an der Haustür empfangen, und jetzt — eine Stunde später — hatte sich bereits der Kreis unsrer Nächsten bei uns eingefunden, um mir und Lilli zu meiner Ernennung zu gratulieren.

Da saßen sie alle — noch heute könnte ich sie zeichnen —; Lillis Vater in seinem tadellosen schwarzen Gehrock und der grauen Atlaskrawatte; — neben ihm mein lieber, alter Professor Wackermann mit seinem altväterischen Kragen und dem guten schwärmerischen Antlitz darüber; er war gerade beschäftigt,

ben Großhändler eingehend über den Wert und die
Bedeutung von Volksliedern aufzuklären. — An meiner Seite, in ihrem festtäglichen Seidenkleide, meine
gute Mutter, die meine Hand nicht aus der ihren
lassen wollte — und am Ende der Tafel, eifrig mit
einem großen Teller voll Kuchen liebäugelnd, Onkel
Holm, wobei er von Zeit zu Zeit einen Seitenblick
auf meinen Schwiegervater warf, ob etwa dieser von
ihm geschätzte Millionär die kleinen Plänkeleien mit
dem Gebäck bemerke.

O Gott, warum mußten diese traulichen Bilder
so bald aus meinem Leben schwinden? Warum?·

Manchmal ergreift mich eine wütende Sehnsucht
nach jener Stille.

Ich möchte ausbrechen aus diesen Mauern des
Irrenpalastes, alles vor mir erwürgen und nieder-
treten, bis ich hinaus gelange, hinaus auf den kleinen
Friedhof, um die tote Lilli aus der Erde zu scharren.

O, barmherziger Gott, nur einmal noch führe mich
in diesen Kreis lieber Gesichter zurück — nur einmal
noch nimm mir die Erinnerung, daß all mein Glück
ausgelöscht sei durch einen Strom roten Blutes. Eine
Stunde nur laß es mich vergessen!

O, mein Gott

Wir saßen noch am Kaffeetische.

Inzwischen hatte sich die Gesellschaft vergrößert. Der Rektor der Universität, Professor Krusius, ein bedeutender Jurist, der eine ablige Dame geheiratet, war eingetreten und führte seine Gattin meiner Lilli zu. Sonst pflegte die Dame von Adel in ihrem Umgang sehr wählerisch zu sein. Ihr Besuch belehrte mich also, daß ich auch gesellschaftlich durch meinen Eintritt in die Familie Karström gestiegen sei.

Und merkwürdig, hier, in diesem lebendigen Kreis, erschien meine junge Frau wie verwandelt; ihr Auge erhielt wieder seinen früheren bezwingenden Glanz, ihre Bewegungen wurden freier und weniger gemessen, jedem wußte sie wieder etwas Angenehmes zu sagen.

Auch ein paar meiner Lieblingsschüler und Seminaristen hatten sich eingefunden. Und bald bildeten diese jungen Leute eine Art bienender Garde für Lilli.

Da war besonders ein Couleurstudent — ein Graf Kottop — ein hochgewachsener blonder Jüngling mit einem schnurgraden Scheitel, ausgewählter Kleidung und einigen Schmissen im Gesicht, der sich vorzüglich um die neue Frau Professor bemühte.

Er trug ihr die Tasse nach, wenn sie sich erhob, er überreichte ihr das verlorene Spitzentaschentuch mit tiefer Verbeugung, er schob ihr im passenden

134

Augenblick den Seffel zu, wenn sie sich niederzulaffen
wünschte.

Ich lächelte. Und auch Lilli lächelte, während sie
mir zuweilen, fast unmerklich, einen ihrer glänzenden
Blicke zuwarf.

Das Zeichen dieses geheimen Einverständnisses be-
glückte mich. Ja, mein schönes, herrliches Weib wußte
den stillen, unscheinbaren Geistesarbeiter dennoch und
troß alledem von solch glänzenden Gesellschaftsschmetter-
lingen zu scheiden; sie fühlte Hochachtung und Scheu
vor mir wie vor meiner Wissenschaft, und ich war
überzeugt, daß dies die sichersten Grundlagen der Liebe
seien. — — —

Ha, ha, Sehnsucht fühlte sie, brennende, verzeh-
rende Sehnsucht — — — und ich —. O, damals
war ich wohl wirklich wahnsinnig und toll.

Ich erinnere mich noch, daß wir Gelehrten uns
einen Augenblick in mein Studierzimmerchen zurück-
zogen.

Als ich die neue Portiere von der Tür zurückschlug,
stand ich wieder einmal wie geblendet und starr. Auch
die anderen beiden Professoren, sowie die Studenten
brachen in einen Ausruf des Erstaunens aus. Lillis

Vater hatte sein Versprechen nicht gehalten. Sein Reichtum hatte auch hier gewaltet.

„Junge — Junge," verwunderte sich Wackermann und rückte an seiner blauen Brille. „Weißt du, wie das hier aussieht? — Fürstlich."

„Ja, hier läßt sich's schon arbeiten," versicherte mit einem beifälligen Lächeln auch der Rektor, während er sich in einen dunkelbraunen Ledersessel gleiten ließ, „lieber Barkentin, ich sehe, man kann Sie in jeder Weise beglückwünschen — wirklich aufrichtig."

Und ich muß bekennen, in diesem Augenblick begann ich selbst den Reichtum und was er vermag zu bewundern.

Ja, das war mein altes Stübchen, und dennoch hatte ihm erlesener Geschmack erst jetzt einen behaglichen, anheimelnden, gediegenen Ton verliehen.

Statt meiner wurmstichigen Bücherbretter zogen sich starke dunkle Eichengestelle um die Wände, der Fußboden war mit verschiedenen bunten, orientalischen Teppichen belegt, ein altdeutsches Lichtweibchen sandte von der Decke seine Strahlen auf die satten Farben hinab, und an dem mit Vorhängen verschlossenen Fenster stand ein mächtiger; grün bezogener Schreibtisch, auf dem meine liebe alte Kupferlampe prangte und darunter lagen meine Hefte.

136

Über der kleinen Chaiselongue jedoch, dem Eingang gegenüber, grüßten die weißen Büsten Homers, Shakespeares, Dantes und Goethes herab.

Über alles floß das weiße Licht.

„Ja, hier läßt sich's arbeiten," wiederholte der Rektor, während er prüfend über das braune Leder des Sessels strich, und dann setzte er hinzu: „Haben Sie Ihre Vorlesungen schon festgestellt, lieber Barkentin?"

Und Professor Wackermann, der noch immer staunend unter dem Lichtweibchen stand, klopfte mir plötzlich liebkosend auf die Schulter und meinte jovial:

„Na, Karling, was hast du uns Schönes von drüben mitgebracht? He?"

Einigermaßen verlegen gestand ich zu, daß meine Ausbeute nur eine sehr geringe sei. Ich hätte mich ja diesmal auf der Hochzeitsreise befunden.

„Ja, ja, richtig," murmelte Wackermann, sich betroffen die Stirn reibend, als wenn er sich jetzt erst daran erinnere, „Hochzeitsreise" — und dann verbreitete sich über das glatte Antlitz des Gelehrten wieder jener weltentrückte, schwärmerische Zug, der sich immer einstellte, wenn er sich in seine Bilder verlor.

„Ja, wahrlich, herrlich ist sie, Karströms rosige

Tochter, Frau Lilli, reizender Bildung," murmelte er vor sich hin.

„Aha, er ist bei seinem Freunde Homer," lächelte der Rektor und winkte mir zu.

Aber Wackermann ließ sich nicht stören. Immer begeisterter starrte die blaue Brille in die Lichtflut hinauf, als ob dort oben im langen Zuge die Welt des griechischen Sängers vorüberhusche, und mit ausgestreckter Hand deklamierte er unbekümmert weiter:

„Niemand table die Troer und hell umschienten Achaier,
Daß um ein solches Weib sie so lang ausharren im Elend!
Einer unsterblichen Göttin fürwahr gleicht jene von Ansehn!"

Ein Raunen ging durch das kleine Zimmer.

Wahrlich, der greise Gelehrte riß uns alle mit seiner ungekünstelten Bewunderung fort.

„Bravo, Kollege," murmelte der Rektor, indem er sich erhob.

Und dann nahte sich mir der Würdenträger mit jenem Vorschlag, der mein ganzes ferneres Dasein bestimmen, der meinen Lebensbau einäschern sollte.

In der Universitätsbibliothek befand sich ein alter Foliant, der noch aus dem Cistercienserkloster in der Nähe der See stammte. Alte, kaum zu entziffernde plattdeutsch-lateinische Lieder und Sagen waren darin enthalten.

138

„Dafür habe ich Sie eigentlich längst ins Auge gefaßt, lieber Kollege," meinte Professor Krusius und drückte mir wohlwollend die Hand. „Denn ich glaube, für einen Mann wie Sie, der selbst ein halber Dichter ist, muß dieses Unternehmen etwas ungemein Verlockendes besitzen."

„Junge," rief Wackermann dazwischen, „was sagst du? Das ist etwas für uns."

Da nahm mich mein Verderben gefangen.

Eine neue Welt von Arbeit tauchte vor mir auf. Ich sah mich in diesem behaglichen Zimmer an meinem Tisch sitzen; ich sah mich vergleichen, herausfinden, erforschen; die ganze stille Erkenntnisfreude meines Berufes kam über mich.

Beide Hände des Rektors erfaßte ich und dankte ihm, dankte ihm innig für das schwarze Geschenk, das doch mich und das Weib, welches noch eben so begeistert gepriesen war, in den Abgrund stürzen sollte.

„Morgen werde ich Ihnen den Folianten ausliefern lassen," schloß Professor Krusius befriedigt.

„Ja, und ich stelle mich morgen nachmittag ebenfalls pünktlichst ein," nickte Wackermann eifrig. „Ich darf doch, Karling? Wir sind doch hoffentlich hier ungestört, nicht wahr, ganz unter uns, mein Sohn?

I, das soll eine Freude werden, sage ich dir. Auf mich kannst du rechnen."

Er klopfte mir fröhlich auf den Rücken und zog mich an sich, als wenn eben das Fundament zu meinem Glück gelegt wäre.

Der arme alte Mann, er wußte es nicht besser.

Da raschelte die Portiere, es wurde hart an die Tür geklopft, und Onkel Holms rauhe Stimme rief durch die Türspalte:

„Korl, die Leute gehen, du mußt ihnen 'rauskomplimentieren."

Wir folgten dem Ruf.

Am selben Abend stand ich in dem Schlafzimmerchen meiner Mutter. Ich wollte der alten Frau noch „Gute Nacht" wünschen.

Lilli hatte sich in unserer tiefer gelegenen Wohnung schon zur Ruhe begeben.

Die kleine weißhaarige Alte war bereits mit ihrem Nachtmützchen bekleidet und stand nun an dem einfachen Birkentisch, auf dem ein Nachtlämpchen brannte.

Liebevoll ergriff sie meine Hand.

„Hat sie auch ordentlich auf dich acht gegeben," forschte sie dringend.

„Lilli?"

„Ja, deine Frau, Karl. Ich meine, weiß sie, daß deine Gesundheit — versteh' mich recht — daß deine Gesundheit sehr geschont werden muß?"

Aber mir war eine Erinnerung an meinen wenig widerstandsfähigen Körper unangenehm, ja quälend, und so wehrte ich alle weiteren Fragen rasch und beklommen ab.

„Gewiß, Mutter, Lilli ist gut, so gut, wie du dir's gar nicht vorstellen kannst; außer dir gewiß das beste Weib auf der Welt. Auch du wirst sie liebgewinnen."

Über den vertrockneten Mund der kleinen Frau flog ein ängstliches Lächeln.

„Wenn sie dich glücklich macht, dann werd' ich sie segnen," murmelte sie einfach, „gute Nacht, mein Sohn."

„Gute Nacht, geliebte Mutter."

Mein Weib war noch wach.

Ich setzte mich zu ihr ans Bett, sie stützte den Kopf in die Hand und blickte zu mir auf.

„Unſer Heim iſt ſchön, nicht wahr, Karl?" flüſterte ſie leiſe.

„Sehr ſchön, Lilli," gab ich zurück und ſtreichelte ihr gedankenvoll die blonden Haare.

Sie ſchmiegte ſich inniger an mich. „Und woran denkſt du jetzt?" forſchte ſie.

Da erzählte ich Tor ihr von der Arbeit, die mir der Rektor in Ausſicht geſtellt.

Das könnte das Werk meines Lebens werden.

„Jetzt, Lilli, bin ich ganz glücklich, ich habe meine Wiſſenſchaft und dich."

„Und — mich," wiederholte ſie.

Aber ich vernahm nichts.

VI.

Eine ganze Spanne Zeit fliegt an mir grau und unentzifferbar vorüber.

Unser Leben muß fast geräuschlos dahingeflossen sein, denn kein hörbarer Laut tönt in meiner Erinnerung auf. Ich las vormittags meinen Hörern in der Universität, nachmittags hatte ich Vorbereitungen für die nächste Vorlesung zu treffen, und abends versenkte ich mich liebevoll in den mächtigen Folianten, in jene fast unentwirrbare Mönchsschrift, die meines deutenden Geistes harrte.

Dann spendete von der Decke meines Zimmers das altdeutsche Lichtweibchen seinen traulichen Schimmer, gemütlich strahlte die Kupferlampe auf meinem Schreibtisch, und neben mir, unter Büchern fast vergraben, hockte mein lieber alter Professor Wackermann, der mit seinen Fingernägeln vorsichtig das Silbenmaß der Verse trommelte, die er von mir in das Konzept niedergeschrieben sah.

„Junge, Junge," rief er manchmal begeistert, „dieser Klostermensch ist ja wie ein niederdeutscher Homer. Und wie du das wiederzugeben weißt. Ganz — famos."

Manchmal hörten wir Lilli schüchtern an die Tür klopfen. Auf Wackermanns „Herein" schritt die schlanke Gestalt, die mir in dieser Zeit fast immer in einem einfachen schwarzen Kleide erinnerlich ist, aufrecht und geschmeidig in das Studierzimmer.

Sie pflegte sich nie zu setzen, ohne vorher liebenswürdig zu fragen:

„Ist's erlaubt?"

Gewöhnlich riefen wir beide dann kurz unsere Zustimmung, und sie ließ sich in den Lehnsessel nahe beim Ofen nieder, um stundenlang unseren Feststellungen und den Disputen, die sich an irgendeine Übersetzung knüpften, zu lauschen.

Häufig auch wandte sich Wackermann zu ihr, stand auf, zeigte mit dem Zeigefinger auf eine Stelle des Manuskriptes und begann enthusiastisch vorzutragen. „Na, Frau Professor, wie klingt das?"

Dann lächelte sie beifällig, ein stilles, zartes Lächeln, das dieses stolze, weiße Antlitz seit einiger Zeit nicht mehr verlassen wollte, und saß dann wieder geräuschlos und ruhig auf ihrem Platz, nur ihre leisen Atemzüge verrieten ihre Gegenwart.

Wir arbeiteten fürder.

So war es Winter geworden.

Draußen fiel der Schnee in großen weißen Flocken. Wie ein ewig beweglicher Schleier glänzte er vor meinen Fenstern.

Im Ofen des Stubierzimmerchens brannte helles Feuer, rote Glut schimmerte hervor, und ich lauschte, an meinem Arbeitstische sitzend, wohlgefällig auf das Knacken und Bersten der Holzstücke.

So überhörte ich, daß Lilli ins Zimmer getreten.

Erst als sie ein Glas schweren Weines neben mich niedergesetzt hatte, sah ich zu ihr auf.

„Du bist schon aus der Universität zurück," fragte sie ruhig, indem sie mir leicht, ja beinahe mütterlich über die Wangen strich, „und hast mich noch gar nicht aufgesucht, Karl?"

„Ich?" murmelte ich und lächelte in das schöne weiße Antlitz hinauf. „Weißt du, mir kam gerade ein so guter Gedanke, und da habe ich mich wohl gleich niedergesetzt. Nicht wahr, du verzeihst?"

Sie nickte nur wortlos. Dann ließ sie sich leicht auf die Lehne meines Sessels nieder.

„Warum arbeitest du heute allein?" fragte sie.

„Weil Professor Wackermann erkältet ist."

Interessiert beugte sie sich nun herab, als wollte sie lesen, was ich geschrieben.

„Darf ich bei dir bleiben?" fragte sie dann, von unten heraufsehend.

„Gewiß, mein Kind, setze dich nur."

Und so lehnte sie sich wieder still in ihren Sessel.

Draußen pickte der Schnee gegen die Fensterscheiben. Ich merkte, wie mich mein Weib unausgesetzt mit ihren großen Augen verfolgte; aber merkwürdig, gerade das war mir behaglich. Ihre ruhige, teilnehmende Gegenwart tat mir wohl.

So verbrachten wir sicherlich mehr als zwei Stunden. Nur das Knistern der Feder vernahm ich während dieser Zeit und leise Bewegungen meines Weibes.

Aufatmend richtete ich mich endlich in die Höhe.

„Habe ich dich gestört?" fragte Lilli, die aufrecht, beinahe bewegungslos in ihrem Sessel verharrte.

Als ich diese stille, in marmorner Ruhe verweilende Frauengestalt ins Auge faßte, da überkam es mich plötzlich mit zwingender Gewalt, als müßte ich ihr irgend etwas Liebes sagen.

Rasch stand ich auf, zog sie an ihren Händen aus dem Sessel empor und führte sie zum Schreibtisch.

„Siehst du, Lilli," sprach ich, „wenn du da bist, dann scheint es mir manchmal, als ob in meine Schrift etwas von deiner ruhigen, abgeklärten Seele hineinströme. Dann ist es mir, als ob diese Dichtung

146

eigentlich aus uns beiden geboren wäre. — Verstehst du das? — Gewissermaßen unser Kind, Lilli, unser geistiges Kind."

Sie stand so aufmerksam vor mir. Plötzlich jagte eine jähe Glut in ihre Wangen. Und unvermittelt schmiegte sie sich an mich, als wenn sie auf das Pochen meines Herzens lauschen wollte. Ihr ganzer Körper zitterte.

*   *   *

Eines Nachmittags — es war beinahe dunkel, nur das helle Ofenfeuer erleuchtete zuckend meine Stube — hinkte Onkel Holm zu mir ins Zimmer.

„Jünging," rief er, „erst muß ich mich den Schnee abschütteln. Wat is dat for en vertraktes Wetter! Mich sünd die Fingern orntlich verklamt!"

Damit schüttelte er die Flocken von seiner Pelz= jacke, ganz wie ein borstiges Ungeheuer, das dem Wasser entstiegen.

„So," keuchte er dann, „nu erlaubst du woll, Korling!"

Er schob ziemlich rücksichtslos einen Haufen Bücher von einem Stuhl und ließ sich prustend niedersinken.

„Ja, wat will ick woll, Korl?" räusperte er sich dann. „Dat weißt du nich, aberst ick will's dich sagen.

Süh, willst du mir ne Partie Rotwein abnehmen, den ick eben am Hafen gekauft hab? Du mußt mir aberst en bißchen bran verdienen lassen, verstanden?"

„Rotwein?" entgegnete ich, an den Ofen gelehnt, ein wenig verlegen. „Ja, Onkelchen, wenn du meinst — — — aber ich hab' doch eigentlich gar keinen rechten Bedarf dafür."

„So," brummte der Seemann und wiegte be= denklich den Kopf, „keinen Bedarf? — Wat du sagst?! — Na, ick wollt' dir schon ümmer mal fragen, Korl, gibst du denn gor keine Gesellschaften?"

Ich verneinte. Daran hätten wir noch nicht ge= dacht.

„Noch nich gedacht? Na, un deine Frau, die will auch nich?"

Und wieder mußte ich ziemlich ungedulbig entgeg= nen, daß ich Lillis Willensmeinung hierüber ebenfalls noch nicht eingeholt hätte. Doch sie entbehre Gesell= schaften meiner Ansicht nach nicht sonderlich.

„Na meinswegen," schnaufte der Alte, erhob sich und schlug, um sich zu wärmen, schallend beide Fäuste gegen seine Schultern. „Also aus dat Geschäft mit den Wein wird nix. Aberst so'n lütten praktischen Rat darf doch Onkel Holm dich wieder mal inremsen, nich wahr?"

148

„Freilich, Onkel — — jedoch — — —"

„Nu hör' mal zu, Korl. Du sperrst ihr zu viel bei deine Bäukers ein."

„Meine Frau?" fuhr ich auf, „der ich doch gänzlich ihren eigenen Willen lasse?"

„Ne, Korl, das sag' ich auch nich. Du übst bloß so nen stillschweigenden Druck über ihr aus, verstehst du mir? Dat is, als wenn en Krebs enen Silberstechling geheuratet hat. — Nich wahr? — Da sitzt der Krebs nu immerzu unten in seinen Dreck fest, der Silberstechling aber will Wasser haben und enen Schwarm anderer lütter Fische un Sonnenschein auch. Und wenn er das nich hat, denn krepiert er."

Ich starrte ihn an. Trotz der Wärme des Ofens lief mir ein Schauer den Rücken hinab.

„Onkel, du willst doch nicht sagen . . ."

„Ne, ne, Korl, dat is bloß en dichterischer Vergleich von mir. Setz' dir man ruhig wieder zu deine Bäukers. Un den Wein werde ich an deinen Millionen-Schwiegervater verkloppen. Abjüs."

Damit zog er sich die Stiefel in die Höhe und scharrte hustend zur Tür hinaus.

*　　*
*

Ein paar Wochen vergingen.

„Willst du mich begleiten?" forschte Lilli an einem klaren Wintermittage.

Die Sonne blitzte durch die Eisblumen der Scheiben hindurch, der Schnee auf den gegenüberliegenden Dächern leuchtete in wunderbarer Pracht.

Durch die halb geöffnete Tür lugte mein Weib ein wenig herein, und hinter ihr stand meine Mutter, die mir einen „Guten Morgen" bot.

„Karl," erinnerte mich die kleine Frau und öffnete die Tür etwas weiter, „sieh dir Lilli doch bloß an. Diese schöne Pelzjacke und die kleine Mütze dazu. Wirklich, ich bin ganz stolz auf sie."

Und in der Tat, es war ein fröhlich Bild, mein schönes Weib in ihrem Winterkostüm prangen zu sehen.

Sie forschte noch einmal: „Willst du mich begleiten, Karl?"

Eine geheime, leis zitternde Bitte lag darin, die sie sonst niemals vor mir und im Beisein meiner Mutter geäußert hätte.

Indessen, mir schien ein Spaziergang um den winterlichen Markt herum, während die Militärkapelle der kleinen Stadt musizierte, wie eine Versündigung an meinen zu entziffernden Volksliedern.

Bekümmert und schweigend sah ich auf mein Manuskript.

„Karling, willst du nicht?" drängte meine Mutter. Auch ihr Ton klang ängstlich.

Da bezwang ich mich. Ich wollte das Opfer bringen. Seufzend legte ich das große Löschblatt über die Bogen.

Allein, ich sollte nicht zum Aufbruch gelangen, Lilli hinderte mich. Mit gesenktem Haupt erklärte sie, sie wisse, daß mir eine derartige Unterbrechung unwillkommen sei, das wolle sie nicht auf sich nehmen, sie gehe allein.

Noch etwas blasser wurde sie, als sie dies sagte, aber ihre Stimme zitterte nicht.

„Karling," rief meine Mutter aufgeregt, „du gehst doch mit ihr?"

Jedoch mein Weib hatte sich bereits abgekehrt und verließ eilig, als wenn es die Bitte der kleinen Frau nicht mehr vernehmen wollte, unsere Wohnung.

Draußen hörte man die Glastür leicht in das Schloß fallen.

„Karling — Karling, was machst du!" murmelte meine Mutter. Und dann schüttelte sie sorgenvoll ihr greises Haupt und ließ mich allein.

Einen Augenblick stand ich erschreckt, beklommen,

aufgescheucht vor meinem Heft. Dann aber erfaßte mich die Raserei von neuem, die mich diese ganze Zeit über beseelte.

Das Buch mußte ja fertig werden, es mußte das glänzendste, aufsehenerregendste seiner Art sein.

Weiter — weiter.

Ich setzte mich und schrieb.

VII.

Und Lilli selbst bestärkte mich in dem unseligen Wahn von ihrer unlösbaren Zugehörigkeit zu mir.

Sicherlich, dieser treue, wahre, starke Charakter war nur durch einen Unglücklichen, wie ich es war, zu erschüttern und aus den Fugen zu bringen.

Ich bemerkte es kaum, daß sie sich, während die Mönchsschrift stattlich unter meinen Händen gedieh, mehr und mehr körperlichen Übungen hingab.

Eines Tages erschien der Großhändler bei mir und meldete mir in seiner keinen Widerspruch zulassenden Weise, daß er seiner Tochter ein Reitpferd geschenkt habe. Er würde es in seinen eigenen Stallungen beherbergen.

„Sie haben doch nichts dawider, lieber Sohn?" setzte er aus Höflichkeit hinzu.

Ich besann mich und schüttelte den Kopf. Nein, ich gönnte Lilli ja so von Herzen jedes Vergnügen.

Wie herrlich mußte sie sich auf dem Pferde ausnehmen! Dann würden die Leute stehen bleiben und beim Anblick der geschmeidigen Reiterin sich zuflüstern:

„Das ist die Frau Professor Barkentin."

Dieses Bild tat mir wohl, meinem dichterischen Gefühl sagte es zu.

Und so begann mein Weib, öfter als bisher außerhalb des Hauses zu leben.

Noch sehe ich sie, als sie eines Abends in einer wunderbaren rosafarbenen Toilette mit langen weißen Handschuhen in meinem Arbeitszimmer erschien.

Wir waren zu einer kleineren Gesellschaft im Hause meines Schwiegervaters geladen. Ich hatte jedoch Lilli schon vorher gebeten, zuvörderst diesen Kreis allein aufzusuchen. Ich gedachte, sie nach mehreren Stunden abzuholen. Denn seit der Erkrankung meines lieben Professors Wackermann war es unbedingt nötig, daß ich meine Kräfte für das Werk verdoppelte.

*   *   *

O, ihr elenden toten Bogen, ihr seid marmorne Grabesquadern geworden, unter denen jetzt mein Glück und mein totes Weib schlummern.

Manchmal ist mir's, als sollte ich rufen: Ich fluche dir, unfruchtbare Wissenschaft, die du mich betrogst! Ich verhöhne dich, du dürre Zunftarbeit, die du nach Regenwürmern gräbst und die duftende Blume dabei an der Wurzel zerschneidest!

Aber dann faßt mich der schauervolle Gedanke, daß ich vielleicht ein falscher Priester der Wissenschaft

154

war. Und dann sitze ich zusammengekauert in meiner Zelle und — schweige.

Schweige, ein Begrabener.

✻ ✻ ✻

Kaum eine Stunde war seit Lillis Aufbruch verflossen.

Da hörte ich plötzlich, wie sich meinem Zimmer rasche Tritte näherten. Die Tür wurde heftig aufgemacht, und mein Weib in ihrem rosigen Seidenkleid stand vor mir.

Ihre Wangen glühten, die goldigen Haare schienen verwirrt.

Selbst mir fiel es auf.

„Lilli,“ rief ich, „du bist doch nicht krank?“

Sie fuhr sich einmal rasch über die Stirn, als wollte sie einen quälenden Gedanken fortwischen. Dann trat sie noch immer heftig auf mich zu und schlang ihre beiden Arme um meinen Hals. Stürmisch küßte sie mich wie lange nicht in diesen letzten Wochen.

Dabei fühlte ich, wie ihre Haut brannte.

„Was ist dir, Lilli?“ drängte ich mit zitternder Stimme, denn ich nahm wahr, daß sie etwas völlig aus der Fassung gebracht haben müsse.

Dann kam die Eröffnung.

Sie hatte sich auf die Chaiselongue gesetzt und strich jetzt unruhig an ihrem Seidenkleide entlang. Der Stoff knisterte und rauschte unter ihren Händen.

„Karl," begann sie endlich mit schlecht verhehlter Erregung, die in das sonst so ruhige Organ ein merkwürdiges Beben brachte, „ich muß dir etwas mitteilen. Einer deiner Schüler, Graf Kottop, darf unser Haus nicht mehr betreten, hörst du?"

„Um Gottes willen, Lilli, warum denn nicht?"

Da wandte sie mir ihr Antlitz zu, und ich erschrak beinahe. Eine Kraft, eine so majestätische Entschlossenheit sprühte aus ihren dunklen Augen, daß ich mich unwillkürlich davor entsetzte wie in der Vorahnung, daß mir diese Eigenschaften einst selbst Unheil bringen würden.

„Warum?" wiederholte sie stärker, „Karl, das brauchst du nicht zu fragen. Es genügt, daß ich ihn zurecht gewiesen habe, scharf und gebührend, und daß du ihn in unserem Hause nicht mehr zu empfangen hast."

So bestimmt brachte sie alles hervor, daß ich starr und wortlos vor ihr stand.

Noch einmal versuchte ich, sie zu befragen, aber Lilli lenkte, unzugänglicher als sonst, sofort auf an=

dere Gegenstände über und verließ bald darauf meine Stube.

Da saß ich und faßte mich an den Kopf. Was konnte ihr nur begegnet sein?

Sollte dieser leichtsinnige Aristokrat es wirklich gewagt haben, die Gattin des Professors Barkentin zu beleidigen? Freilich, ihr Gatte war abwesend, war fast niemals zugegen in dem Kreis, in dem sein wunderschönes Weib gefeiert wurde. Eine innere Angst erfaßte mich, wurde größer und treibender und ließ mich nicht mehr bei meinen Bogen aushalten.

Nein, nein! Die Unruhe wuchs und schwoll. Ich stieß die Hefte von mir, öffnete besinnungslos die Tür, die in das anstoßende Wohnzimmer führte, und eilte durch unsere gesamte Wohnung, immer nur von dem einen Trieb gejagt, meinem Weibe nahe zu sein.

„Lilli," rief ich, „Lilli!"

Das war seit langer Zeit das erstemal, daß ich sie suchte.

In der Schlafstube fand ich sie. Sie saß halb entkleidet am Fenster, auf einem Taburett zusammengekauert, und blickte auf den verschneiten Hof hinaus. Der Mond warf sein bläuliches Licht auf den dicken Schnee und sandte einen Abglanz auch auf das Antlitz meines Weibes.

Sie war ganz ruhig. Bei meinem Eintritt bewegte sie nicht einmal das Haupt.

Eine merkwürdige Scheu hielt mich davon ab, mich ihr irgendwie drängend oder forschend zu nahen. Auch sie gab durch nichts eine größere Erregung zu erkennen.

„Lilli," begann ich nach einiger Zeit, während ich am Ofen lehnte, „ist dir wieder wohl?"

„Ja," entgegnete sie kurz.

Da wagte ich nicht, sie weiter zu fragen.

Und Stille waltete zwischen uns. Und draußen fielen im blauen Mondenglanze dicke schwere Schneeflocken lautlos zur Erde nieder.

VIII.

Mit furchtbaren Stürmen, wie man sie nur am Meere kennt, zog der Februar ins Land.

Von der See heulte es herein, als ob dort ein grausiges Ungeheuer nach Fraß brülle. Täglich hörte man von Schiffsunfällen. In den Kaminen ächzte es, und durch die Straßen fuhr unveränderlich der Schneesturm.

Jetzt weiß ich, daß dieser wütende Orkan die ersten kreischenden Töne aus dem Liede meines Unglücks sang.

An jenen Winterabend, an dem mir dies zuerst deutlich wurde, denke ich noch oft.

Wir saßen gerade beim Abendbrot, an dem außer mir und meiner Frau noch meine Mutter und Onkel Holm teilnahmen, da öffnete sich die Tür, und mein Schwiegervater trat mit seinem gemessenen Gruße ein. Die Stunde war für ihn ungewöhnlich. Er pflegte sonst nie so spät zu kommen. Auch Lilli mußte in dem Benehmen ihres Vaters etwas Auffälliges bemerken, denn ich sah, wie sie den Großhändler ängstlich mit den Augen verfolgte.

„Willst du dich nicht zu uns setzen, Papa?" forderte sie ihn auf und schob ein Gedeck für ihn hin.

Allein der Kaufmann lehnte alles ab und stellte sich schweigend vor das vereiste Fenster, um durch ein Guckloch auf den zugefrorenen Hafen hinunterblicken zu können.

„Sü sünd ja so still? Sü haben sich doch nich die verfluchtige Infulenzia geholt?" räusperte sich Onkel Holm, der stets ein liebevolles Interesse für den Großhändler bekundete.

Immer noch schwieg der Angeredete.

Ich hatte ganz deutlich das Gefühl, daß irgendein Unheil im Heranziehen sei. Aber daß meine eigene Vernichtung näher schlich, das begriff ich noch nicht.

Endlich wandte sich mein Schwiegervater.

Und merkwürdig, er redete direkt den alten Schiffskapitän an, den er sonst selten beachtete.

„Sind Sie der Ansicht," fragte er ihn kurz, „daß dieser Orkan noch lange anhalten wird?"

Onkel Holm legte Messer und Gabel hin, wischte sich den Mund und sah ebenfalls starr auf das vereiste Fenster.

„Noch lange?" wiederholte er, „Herr Karström, ick sage Ihnen, wenn der Wind so aus das verfluchte Wetterloch von Wiek herweht so as heut, denn macht er mindestens vier Wochen so 'ne Musik."

160

„Ja, ja," warf der Großhändler gereizt hin, „das sagen sie auf der Reederei auch."

Und plötzlich, während er unbeweglich auf den Fußboden blickte, brodelte etwas von seiner inneren Unruhe aus ihm heraus:

„Mein größter Dampfer ist überfällig. — Seit fünf Tagen bereits. — 200 Passagiere. — Der ‚Stolz Pommerns', der mich Millionen gekostet. — Und das Schiff ist kaum zur Hälfte versichert."

Er fuhr sich ein paar Mal schwer über die Stirn, und ich sah, wie sich die ganze Gestalt dieses sonst so unbeugsamen Mannes krümmte, als wenn eine eiserne Faust auf seinem Nacken liege. Die kalten grauen Augen irrten vom einen zum andern, bis sie sich wieder unbeweglich auf dem Fußboden festzusaugen schienen.

„250 Menschenleben," rang es sich abgebrochen aus seiner Brust hervor.

Es klang wie ein Stöhnen.

Ich hatte nie geglaubt, daß der Mann an irgend etwas ein lebhaftes, mitfühlendes Interesse nehmen könnte. Heute trat er mir dadurch beinahe menschlich näher.

Teilnehmend erhob ich mich und versuchte, seine Hand zu ergreifen. Er machte jedoch nur eine abwehrende Bewegung.

„Vielleicht hat der Dampfer aber einen schützenden Hafen erreicht," versuchte ich Lillis Vater zu trösten. Allein diese Ansicht entlockte dem Reeder nur ein mitleidiges Achselzucken.

„Wir leben in der Welt des Telegraphen," bemerkte er kurz. „In diesem Falle wäre längst Nachricht da. — Nein, nein, das Schiff befindet sich auf offener See."

„Stimmt," bestätigte Onkel Holm und stand schwerfällig auf. „Da is 'n Malheur passiert mit die Maschine, oberst —," er kratzte sich hinter dem Ohr und sprach das Folgende kaum halblaut, „dat smucke Schiff is untergegangen mit Mann und Maus."

„Jawohl," schloß der Reeder finster.

Und wie zum Hohn klang von draußen das dumpfe Tosen des Sturmes herein. Dachsteine klapperten auf die Straße, und die Läden der gegenüberliegenden Häuschen wurden krachend auf und zugeworfen.

Mein Schwiegervater hatte sich am Tisch niedergelassen. Das Gespräch schlich nur stockend dahin.

Lilli setzte sich neben ihren Vater und strich ihm zart über seine glattgekämmten, graublonden Haare.

„Wie hieß der Kapitän, der das Schiff führt?" forschte sie sanft.

Und da hörte ich den Namen zum zweitenmal.

„Jenſen — er iſt noch jung — ich hielt ihn für
ſehr fähig — aber —," der Großhändler richtete
ſich auf, und ſeine ſchlaffen Züge wurden wieder feſt
und energiſch wie früher. „Wollen von etwas an=
derem reden. Übrigens möchte ich Sie alle erſuchen,
in der Öffentlichkeit nichts von dem Unfall verlauten
zu laſſen. — Ich will nicht, daß ſich die Zeitungen
damit vorzeitig beſchäftigen. Nicht wahr?"

Kurze Zeit darauf erhob ſich mein Schwiegervater
und ging. — — —

In der Nacht hörte ich Lilli mehrmals tief und
ſtöhnend aufatmen.

„Was iſt dir, Lilli?"

„Ich — ich träume — von dem Schiff," ſtam=
melte ſie.

Und doch war ihre Seele damals noch rein und
fleckenlos.

*

*

O, welch einen Egoiſten hatte der Dämon aus
mir gemacht, der in dem großen Mönchsfolianten
hauſte. Selbſt jetzt, wo das Meer täglich wilder ſchrie
und lärmte, wo die Leute in der Stadt bereits die
Köpfe zuſammenzuſtecken begannen, um von dem
großen Schiffsunglück zu raunen, das uns alle be=

troffen, selbst in dieser Zeit summten durch mein Hirn nur Lieder, Verse und Reime. — Ich lebte ja hinter einem schweinsledernen Wall und hielt mich für glücklich, wenn ich eine gelungene Verdeutschung gefunden.

Jedoch das aufregende Ereignis begann alle Kreise zu alarmieren. Selbst in der Universität hörte ich davon erzählen, die Studenten standen in Gruppen umher und besprachen das Für und Wider, manche hatten auf dem Schiff einen Bekannten, und alle reizte das Ungewisse, Geheimnisvolle, welches das verschollene Fahrzeug umgab.

Und in all dieser heimlichen Erregung hielt ich weltfremder Tor meinen Hörern Vorlesungen über vermoderte Dinge, die mit dem Leben nichts mehr gemein hatten. Ja, ich begann mich allmählich zu ärgern, daß es Angelegenheiten auf der Welt geben sollte, welche die Geister mehr erhitzen konnten als alte Sagen und nordische Symbole.

Ach, wenn ich nicht so befangen gewesen wäre, dann müßte ich auch gemerkt haben, wie in meinem eigenen Hause eine seltsam zitternde Unruhe sich zu regen begann. Mein schönes Weib verlor einen Teil seiner stolzen Gemessenheit, sie vermochte nicht mehr lange bei einer Beschäftigung zu bleiben oder auf ihrem Platze auszuhalten. Selbst in der schneidenden

Kälte öffnete sie häufig das Fenster und lehnte sich weit hinaus, um die Windrichtung zu beobachten. Dann griff sie wieder nach der Zeitung und suchte fieberhaft nach Wetterprognosen und Nachrichten von Schiffen.

Ich weiß nicht, dieses merkwürdige Interesse für etwas Fremdes, mir Ungewohntes begann mich eitlen Narren zu verletzen. Ich war ungehalten, daß sie mir einen Teil ihrer Fürsorge entzog. Auch ihre ruhige Gegenwart bei meiner Arbeit begann mir zu fehlen.

Eines Tages beklagte ich mich darüber.

Kaum aber hatte Lilli die ersten Worte vernommen, als sie schon sanft wie immer ihren Arm um mich schlang und mich aufmerksam betrachtete.

Und doch seltsam. Mir war es, als müßte sich mein Weib erst auf mich und mein Dasein besinnen.

Und dennoch schritt sie mir rasch in das Arbeitszimmerchen voran. Bald darauf saß sie wieder auf ihrem gewohnten Platz, und ich fühlte wie früher, daß ihre großen Augen mich unausgesetzt begleiteten.

Reger und reger wollte ich sie interessieren. Ein deutliches Gefühl raunte mir zu, daß ich ihre Seele wieder voll und ganz einfangen müsse.

Mit Wärme las ich ihr einige der niederdeutschen Strophen vor, und seltsam — ich empfand im Moment die eigenartige Verknüpfung gar nicht, daß es gerade der Gesang im Meere versunkener Wikinger war, die nächtlich und im Mondenschein die Stätte ihres Schiffbruchs umstrichen.

Da wurde Lilli zum ersten Male bei meiner Arbeit ungeduldig. Sie unterbrach mich, etwas Fremdes brach in ihre Gedanken herein.

„Hast du schon gehört, Karl," sagte sie ganz unvermittelt, „mein Vater hat Nachrichten erhalten."

Diese Unterbrechung, diese sichtliche Unaufmerksamkeit machten mich völlig nervös.

„Worüber?" fragte ich, an mich haltend.

„Denke dir, Karl, es regt mich so auf. Ein fremder Kapitän ist bei meinem Vater eingetroffen und erzählt, daß er bei furchbarem Orkan auf dem Ozean dem Dampfer des Kapitäns Jensen begegnet sei, aber eine Verständigung sei bei dem entsetzlichen Sturm nicht möglich gewesen. Er wisse nur, daß der ‚Stolz Pommerns' Maschinemunglück gehabt und leck sei. Das war vor acht Tagen; was aus dem Dampfer jedoch geworden ist, weiß kein Mensch; vermutlich ist er gesunken."

„Nun und?" warf ich ungeduldig dazwischen.

Sie starrte mich an. Augenscheinlich begriff sie meine Ruhe und meinen Zustand gar nicht.

„Mir zittert das Herz im Leibe, Karl, ich kann an nichts anderes denken. Immerfort sehe ich ein Schiff auf haushohen Wellen, das um sein Leben kämpft. Es ist schrecklich. Mir ist manchmal, als wenn ich mich selbst auf dem Dampfer befände. Kannst du dir das vorstellen?"

„Nein," entgegnete ich verdrossen, während sie mit großen Augen in die Ferne hineinsah und gewiß meine Antwort gar nicht vernahm.

„Willst du das Gedicht nun weiter hören, Lilli?"
Das Blatt zitterte in meinen Händen.

Welche Enttäuschung! Mein Weib achtete bereits nicht mehr auf meine Stimme, sie fuhr fort, als hätte ich gar nicht gesprochen.

„Weißt du, Karl, deine Mutter hat heute nacht häßlich geträumt. Ihr war es, als ob die See unter unseren Fenstern stände und sich langsam bis an den ersten Stock hebe, und aus der Ferne schwamm ein riesiges Schiff direkt auf die Glasscheiben zu. Immer größer wurde es, immer gewaltiger, die Mutter glaubte, das Schiff würde sie zermalmen, und wollte auf= schreien, aber gerade vor dem Fensterkreuz, als sie schon das Brausen und Schnauben hörte, sank das Fahrzeug lautlos in die Tiefe. Deutlich hörte sie noch die Mannschaft jammern, klagen und beten. Und denke

dir, von der Marienkirche schlug es gerade zwölf. Ist
das nicht seltsam?"

Da konnte ich meine verletzte Eigenliebe nicht mehr
beherrschen. Ich warf das Blatt mit dem Gedicht
auf den Schreibtisch, rückte heftig mit dem Stuhl
und stieß hervor:

„Alles lächerliche Einbildung. Geh jetzt, Lilli, geh,
du störst mich."

O, ich hoffte, auf dieses Wort würde sie bekehrt
auf mich zufliegen, mich streicheln und küssen, wie sie
es sonst getan. Aber seltsam! Mein schönes blasses
Weib erhob sich folgsam und schritt in tiefen Ge=
danken hinaus. — — —

Sie war die Tochter eines Werftbesitzers, sie war
am Meere erzogen, ihr Geist weilte nicht bei mir,
sondern bei dem kämpfenden Schiff.

IX.

Am nächsten Tage brachten die hauptstädtischen Zeitungen die Nachricht über die Entscheidung. Der ‚Stolz Pommerns‘ war in der Nähe der Antillen gesunken. Kein Menschenleben gerettet.

Endlich also Gewißheit. Der Tod hatte gesiegt und das Meer seine Opfer verschlungen.

Die Geister der Versunkenen schwebten wieder über der Unglücksstätte, genau so wie es in meinen Volksliedern zu lesen stand.

Ein Grauen überkommt mich in der Erinnerung dieser Tage vor mir selbst.

Ich atmete förmlich auf.

Wenn mir auch das Herz voll Entsetzen bebte über die große Zahl der Verlorenen, welche die gefräßige See hinuntergewürgt, so war doch jetzt endlich wieder Ruhe.

Die Ruhe der Gewißheit.

Mein Weib würde nicht mehr zittern, nicht mehr mit weit aufgerissenen Augen auf ferne Meere hinausstarren. Ich konnte wieder zu meinen Liedern zurückkehren.

Und das tat ich.

Während man in der Stadt ergriffen und er= schüttert den Toten stille Messen las, stürzte ich mich wieder mit vergrößertem Eifer auf meine Mönchs= schrift.

Und wieder weilte Lilli bei mir. Und wieder hegte ich das Gefühl, ihre reine, klare Seele hätte sich mir von neuem zugewendet und ströme voll in meine Strophen über.

Eine ganze Zeitlang dauerte diese wohltuende Stille.

Da plötzlich wird die Tür aufgerissen, Professor Wackermann, der sich eben erst vom Krankenlager er= hoben, stolpert mit einem dicken Tuch um den Hals herein und ruft in seiner enthusiastischen, fortreißen= den Weise, während sein liebes Antlitz vor Freude glänzt:

„Karl, Karl, es ist alles nicht wahr."

Lilli fuhr auf.

„Was ist nicht wahr, Herr Professor?"

„Der ‚Stolz Pommerns' schwimmt noch. Hurra, Kinder!"

Der alte Gelehrte fuhr sich durch die schlichten Haare, riß das dicke, wollene Tuch herunter und lief atemlos in meiner Stube hin und her. In seinem phantasiereichen Gemüte befand er sich augenschein= lich mitten auf wogender See.

„Hier," sagte er, „seht, der ‚Kreisanzeiger' ver=
kauft eben überall ein Extrablatt. Lest, Kinderchen,
lest. Dieser famose Kerl, dieser Kapitän, hat sein
Schiff gehalten trotz Sturm und Drang. Ein eng=
lischer Kohlendampfer hat ihn noch vorgestern in der
Nähe der Azoren treiben sehen. Was sagt ihr? Hurra,
Kinder! Ich bin ganz außer mir."

Da erhob sich mein Weib, stürzte auf den Pro=
fessor zu, ergriff seine Hände und rief in einer Er=
regung, wie ich sie noch nie an ihr vernommen:

„Mein lieber — lieber Herr Professor, o wie gut
ist das, was Sie da erzählen, o wie gut!"

Tränen stürzten über das weiße Antlitz, ihre Stimme
zitterte, über ihre schlanken Glieder schien ein Schauer
zu gehen.

Noch standen die beiden Hand in Hand, da er=
schien unter dem Türüberhang auch das breite Ge=
sicht Onkel Holms, der krampfhaft seine Mütze
schwenkte.

„Korling — — entschuldigen Sie, liebe junge
Frau, aber die Aufregung sitzt mich so in den Magen,
dat ick nich anners kann. — — Korling, mit zer=
brochener Schiffsschraube, dat Zwischendeck voll Wasser
un noch ein zersmettertes Steuer dazu, un damit
sich drei Wochen lang halten, dat kriegt nur ein Deut=

scher fertig. Nu fix, Korl, nu zieh dir an, der Herr Professor gibt mich auch die Ehre, ick werf' ne Bubell Schampanscher. Ja, ja, dat tu' ick. — Auf diesen Kap'tän müssen wir anstoßen. Wo? Nich wohr?"

*   *

Er ließ mich zu keiner Ruhe mehr kommen, der unbekannte ferne Mann auf den Meeren.

Schon damals drängte er sich mit seiner stählernen, breitbrüstigen Gestalt in meine stille Arbeit hinein, ungewollt, unbeabsichtigt, bescheiden und doch stark, so wie es sein Wesen war.

O, wie ich ihn hasse!

Die Beschaulichkeit floh aus meinem Studierzimmerchen, immer wurde von dem Fremden gesprochen — „ein Held — ein deutscher Seemann — ein Mann der Tat," also fielen die Schlagworte, die für mich — ich weiß nicht warum — instinktiv etwas Verletzendes hatten.

Und je hartnäckiger ich mich in meine Handschrift versenkte, desto aufdringlicher, geschwätziger drangen die ruhmredigen Gerüchte über ihn zu mir herein.

Drei Wochen lang hatte er auf dem Wrack gegen den grauenhaftesten Orkan gestritten, den man seit Menschengedenken erlebt.

„Un wo er die Disziplin aufrecht gehalten hat
— mit zweihundert Passagiere an Bord," schwärmte
Onkel Holm — „bat laff' ick mich gefallen."

Immer tollere Erzählungen wurden laut. Die Zei=
tungen veröffentlichten spaltenlange Artikel über den
ausgezeichneten Kapitän und seine Mannschaft, und
endlich brachten Londoner Blätter das Merkwürdigste.
Jensen hatte sich allein, die Pistole in der Hand,
den jammernden, fluchenden Haufen entgegengeworfen,
die auf Rettungsbooten das Schiff zu verlassen ge=
dachten. — Er allein kalt, gemessen, imponierend.
Einen Matrosen, der, vor Todesangst rasend gewor=
den, das Boot klar machen wollte, hatte er mit einem
gewaltigen Faustschlag zu Boden gestreckt — und da=
mit die entsetzlichere Bestie als das Meer bezwungen,
die todeszitternde Menschenschar.

So hatte er die ihm anvertrauten Seelen geborgen.

„Ehre dem deutschen Namen," schrieben selbst die
englischen Blätter, „Ehre dem tüchtigen Manne. Mit
solch hervorragendem Material wird Deutschland in
die Reihe der seefahrenden Nationen einrücken."

*   *   *

Ich kann nicht mehr weiter schreiben.

Nein, nein, noch in der Erinnerung regt mich das
Lob dieses Mannes ins Ungemessene auf.

Ich renne in meiner Zelle umher und muß mir immerfort seine Gestalt vorstellen, diese breiten Schultern, den schmalen, zähen Kopf und diese dünnen, energischen Lippen, die sie geküßt hat.

Die sie geküßt hat!

Welch ein Gefühl sie wohl dabei überkam?

Ha, wenn ich sie jetzt aufwecken könnte, um das zu erfahren. Und das andere — das andere zu wissen, was ich nie entdeckt habe.

Manchmal schreie ich laut: „Wach' auf, Lilli, wach' auf."

Aber das Grab antwortet nicht. Nur meine Wächter kommen und starren mich an.

Ob sich meine Gedanken hier doch allmählich verwirren könnten?

Welche Angst mich manchmal schüttelt.

Ich will zu meinem Buch zurückkehren. Ich will zeigen, daß ich mich bezwingen kann, daß ich stärker bin, als man glaubte, willenskräftiger als sie alle.

Ja, ja, ich will wieder von Jensen reden.

Weiter!

X.

Er ist da.

Mein Schwiegervater gibt ein Gastmahl für ihn. Wir sind geladen.

Wie scharf sind meine Gedanken; sie gleichen hohlgeschliffenen Gläsern, nichts schenken sie mir, alles vergrößern sie für mich, selbst auf das Unbedeutendste weiß ich, Unglücklicher, mich genau zu besinnen.

Diesmal hatte ich Lilli sofort begleitet. Eine aufreizende Neugier trieb mich. Ich mußte ihn sehen, mustern, den Störenfried, der sich in die stille Freude meiner Arbeit gemischt.

„Ein ungebildeter Mensch natürlich," dachte ich.

An hundert Geladene harrten in dem Saal des gotischen Hauses. Eine beinahe feierliche Stimmung lagerte über der Gesellschaft. Und das verdroß mich wieder.

Hatten meine Hörer schon jemals so beklommen und still meiner gewartet, auch wenn ich viele durchwachte Nächte an die Aufklärung irgendeines dunklen Wortes gesetzt hatte? —

„Nie," raunte die höhnische Stimme in mir.

Neben mir stand Lilli, ihr Arm ruhte fest auf dem

meinen. Allein ich fühlte, daß sie nicht an mich dachte, erwartungsvoll umspannten ihre Augen den Rahmen der Tür, durch die er eintreten mußte. Es war Nachmittag. In dem großen Raum herrschte ein geheimnisvolles Halbdunkel.

Da wurden draußen auf dem Korridor Tritte laut.

„Er — kommt," murmelte Lilli.

Und trotz der Dämmerung bemerkte ich, wie in ihre weißen Wangen langsam das Blut stieg.

Mit vorgebeugtem Körper stand sie da, mit zurückgehaltenem Atem, spannungsvoll, erbebend — haha, beinahe einer Braut vergleichbar, die sehnend des Geliebten harrt.

Oder ist das alles nur nachträglich ein Spiel meiner haßerfüllten, aufgewühlten Phantasie?

Die Tür öffnete sich, an der Seite des Großhändlers sowie eines Regierungsrates aus Berlin, den das Marineministerium entsandt, trat der Gefeierte ein.

Zuerst ein allseitiger leiser Ausruf der Verwunderung.

Nein, nein, da war nichts Theatralisches, nichts Einstudiertes, alles wahrhaft bescheidene Männlichkeit. Zwischen den beiden befrackten Herren, auf deren Brust alle möglichen Orden glänzten, nahm sich die hohe

Gestalt des rotblonden Mannes sogar beinahe zu einfach aus.

Er trug wieder die dunkelblaue, goldbetreßte Uniform, so wie ich ihn das erstemal gesehen, in der Hand hielt er die flache Mütze, und in seinem schmalen, zähen Antlitz konnte man deutlich bemerken, daß ihm dieser große feierliche Empfang peinlich sei, ja, ihn in Verlegenheit setze.

Ein Tusch, von der anwesenden Militärkapelle geblasen, schmetterte durch den Saal. Ich sah, wie der junge Mann errötete und ungeduldig auf meinen Schwiegervater blickte, ob die Präsentation und die Ehrung noch nicht bald ihr Ende erreicht hätten.

Auch Lilli atmete tief, beinahe wie erleichtert auf. Sie hatte ihn gesehen, die erste Spannung war vorüber.

Dann eine allgemeine Vorstellung. Noch fühle ich seine Hand in der meinen und spüre wiederum den festen, warmen Druck.

Alles, was dieser Mann tat, war kurz, energisch, zufassend.

Die Lichter der Kronleuchter flammten auf, man setzte sich zu Tische, Lilli und ich waren unserem Ehrengaste gerade gegenüber gesetzt.

Und merkwürdig. — Das, was ich geahnt, begann

sich zu erfüllen. Kapitän Jensen schien in der Tat eine schweigsame, in sich gekehrte, ja, wie ich fast mit einiger Genugtuung empfand, eine unbehilfliche Natur zu sein. Denn er blickte während der ersten Zeit still und uninteressiert auf seinen Teller hinunter, ohne seinen Nachbarn rechts und links die gewöhnlichste Aufmerksamkeit zu schenken. Auch merkte ich, wie es ihn sichtlich unangenehm berührte, wenn sich das Gespräch der Umsitzenden auf ihn und seine Tat lenkte. Dann warf er ein paar kurze sachliche Worte hin, und während sich seine Stirn noch energischer in Falten zog, fuhr er fort, ernsthaft vor sich nieder zu blicken, als ob er bei dieser Feier die nebensächlichste Person sei.

Und doch bildete er natürlich den Zielpunkt für alle Blicke.

Auch Lilli ließ ihn kaum einen Moment aus den Augen.

Sie betrachtete ihn immerfort staunend wie die Erfüllung und Verkörperung eines Traumes, der, immer wiederkehrend, ihr monatelang die Seele geängstigt.

Jedoch dieses Sichversenken in eine fremde Persönlichkeit begann mir wehe zu tun, direkt wehe — mich geistig geradezu zu martern. Vom ersten Moment

an empfand ich eine ahnungsvolle, bohrende Eifer=
sucht gegen diesen stillen, schuldlosen Mann.

Verflogen war aus meinen Gedanken der alte
Mönch, der im Cistercienser=Kloster für mich seinen
Folianten geschrieben, ich blickte nur unaufhörlich auf
mein Weib, das mir in ihrer innerlichen Erregung so
leuchtend und schön erschien, wie ich es noch niemals
gesehen.

Alle Kräfte nahm ich zusammen, um ihre Auf=
merksamkeit auf mich zu lenken.

Ich rückte ihr an der Schulter eine verschobene
Schleife ihres Kleides zurecht. Ich bemühte mich,
ganz gegen meine Natur, ihr kleine Anzüglichkeiten
über die Gesellschaft ins Ohr zu wispern. Ich riß
die Unterhaltung der Umsitzenden an mich und ergriff
endlich mein Glas, um mit Lilli anzustoßen.

„Der allerschönsten Frau der Tafelrunde!“ sagte
ich leise.

Doch Lilli neigte zwar ihren Kelch gegen mich,
allein sie blickte mich nicht an. Denn in demselben
Moment, als unsere Gläser gegeneinander tönten, hatte
auch Jensen sein Haupt aufgerichtet und mein Weib
zum ersten Male betrachtet.

Auch Lilli wandte ihre Augen nicht fort.

Wie erstarrt hielt sie noch immer ihr Glas mir entgegen.

In den seltsamen hellgrauen Augen des Seemanns lief es hin und her wie ein Suchen, Sicherinnern. Endlich zuckte es in seinen Pupillen auf, er mußte gefunden haben. Und beide ließen die Augen nicht voneinander, fest und lesend, als wenn sie miteinander sprächen.

Eine Unruhe durchlief mich, wie ich sie noch nie gekannt. Ich lächelte, aber mein ganzes Dasein schien sich plötzlich in die Fähigkeit hineinzubannen, diese heimliche schweigende Wechselbeziehung zwischen den beiden enträtseln zu können.

Nein, nein, ich täuschte mich ja, mußte mich zuversichtlich irren, das war ja bei meinem reinen, hingebenden, buldenden Weibe nicht möglich. Was konnte ihr dieser fremde, hergelaufene Mensch sein?

Das ertrug ich nicht länger.

Ich mußte ihn ansprechen. Mir war es, als hätte ich jetzt für mein Weib eine Schlacht zu schlagen, einen Zweikampf auszufechten.

Und da — da wird es plötzlich still im Saal.

Der Vertreter des Marineamtes erhebt sich und spricht im Namen der Regierung dem wackeren, heimgekehrten Seemann seinen Dank aus. Das ganze Land sei stolz auf seine Tat. Der Herrscher selbst habe das wechselvolle Schicksal des bedrohten Fahrzeuges mit klopfendem Herzen verfolgt. Jetzt dränge es den Fürsten, dem hervorragenden Kapitän auch äußerlich ein Zeichen seiner Anerkennung zu geben, und deshalb sei er — der Regierungsrat — beauftragt, dem Kapitän Jensen diesen hohen Orden zu überreichen. Er schließe mit einem Hoch auf den ausgezeichneten Vertreter deutscher Seefahrt, auf den Erzieher und das Vorbild seiner Mannschaft.

„Im Namen des Kaisers! Hoch! Hoch! Hoch!"

Über die ganze Gesellschaft kam es wie ein Taumel. Jauchzend rauschte eine Fanfare durch den Saal.

Mit raschen erregten Schritten nahte sich der Herr von der Regierung und überreichte dem Heimgekehrten, der sich langsam mit gesenktem Haupt erhob, ein Kästchen, in welchem die Auszeichnung enthalten war.

Da umklammerte Lilli meinen Arm, als wenn sie mir etwas zuzuflüstern hätte. Aber sie sprach nichts — gar nichts. — Ihre Brust ging nur fieberhaft auf und ab, die allgemeine Aufregung hatte sie mit in ihren wirbelnden Strom gezogen. Hell glühten die sonst so marmornen, weißen Wangen.

Und wieder trat eine fast beängstigende Stille ein. Der Kapitän war hinter seinem Stuhle stehen ge-

blieben, man wußte, daß er dem Regierungsrat ant=
worten würde.

Herren und Damen erheben sich, um ihn zu
sehen. Alles hängt an seinen Lippen. Wirklich, diese
schweigende Sicherheit hat etwas Beherrschendes, Be=
zwingendes.

Er beginnt.

Das, was er sagt, ist durchaus nichts Ungewöhn=
liches, die Worte klingen sogar nüchtern und trocken,
und dennoch tönen diese knapp hervorgestoßenen Sil=
ben wie Büchsenschüsse, die scharf und erregend über
die vielen Köpfe dahinfahren.

Er schließt: „Allen Dank muß ich, woher er auch
komme, ablehnen. Kein menschlich Wesen will vor=
zeitig untergehen. Ich habe mich nur gewehrt. Das
tut jeder. Daß es mir aber möglich war —“

Und hier — hier wendet er sein Haupt und
blickt unter seinen rot überbuschten Augenbrauen von
oben direkt wieder auf mein Weib, als befänden sie
sich beide ganz allein in einer einsamen Stube, als
hätte er ihm stockend und widerwillig ein Bekenntnis
abzulegen.

„Daß es mir aber möglich war, dies erfolgreiche
Wehren gegen den Tod, das verdanke ich allein der
Vortrefflichkeit des Fahrzeuges, das man mir anver=

traut hatte. Auf den Karströmschen Werften ist es erbaut. Jeden Nagel hat deutscher Fleiß und deutsche Intelligenz eingeschlagen. Deutsche Arbeit ist es also, die auf dem Meere gesiegt hat. — Das Haus Karström, der Sitz deutscher Solidität und Tüchtigkeit, es blühe weiter in allen seinen Zweigen und für alle Ewigkeit!"

Seine Stimme klang zuletzt ganz leise, als hätte er meinem Weibe alles persönlich mitzuteilen. Und wie wenn es etwas Selbstverständliches wäre, streckte er auch ihr zuerst sein Glas über den Tisch entgegen.

Alles erhob sich, alles jauchzte und winkte. Die Gläser klirrten, die Musik jubilierte.

Da richtete sich langsam auch mein Weib auf. Die Augen des Seemanns glitten in ehrlicher Bewunderung über ihre Gestalt. Es lag nichts Unehrerbietiges in seinem Verhalten, nur das Glas hielt er ihr unbeweglich in der ruhigen Hand entgegen.

Und dann beugte sie sich vor und stieß mit ihm an.

Ich hätte ihren Arm zurückreißen mögen. Schon damals beschlich mich ein irres, widerwärtiges Gefühl, als wäre ich zu Boden geworfen, und es würde auf mir getreten — —. Das Blut stieg mir summend ins Haupt. Ich hätte es auf meinem Platze an der Seite des Weibes, dessen Augen so leuchtend strahlten wie seit Monaten nicht, keinesfalls länger aushalten können.

Gottlob! Da erhob sich mein Schwiegervater, die Tafel war zu Ende.

*   *

     *

Ich sprach mit ihm.

Eine unbezwingliche Begierde trieb mich immerfort in seine Nähe.

Noch einmal blickte ich mich um; Lilli saß im Gespräch mit anderen Damen, fast durch die ganze Länge des Saales von uns getrennt. Wie im Fluge blieb mein Auge an der wunderschönen, weißen Haut ihres Nackens haften.

Ich sprach mit ihm.

Unter der weit ausgebuchteten Fensternische stand er in einem Kreise von Herren und Damen. Jeder drängte sich, ein Wort des tapfern Mannes zu erhaschen, die jungen Damen überreichten ihm schüchtern ihre Fächer, damit er seinen Namenszug darauf schreibe.

Aber Jensen lehnte dies alles mit seinem ehrlichen Lächeln ab.

„Nein, nein, meine Damen," wehrte er sich, „ich

mache mich nicht gern lächerlich, Sie selbst werden das später erkennen."

Nur einigen der älteren Offiziere sowie Professor Wackermann, die ihn plaudernd umstanden, gab er auf kurze und gesetzte Fragen knappe und bescheidene Antworten.

Ich gesellte mich zu ihnen, bald waren wir im Gespräch.

Und merkwürdig! Seine ruhige Art hatte etwas Wohltuendes, das mich unwillkürlich fesselte.

„Nun werden Sie gewiß lange in der Heimat bleiben," fragte ich, „um sich auszuruhen, nicht wahr?"

Ich glaube, in meinem Ton lag etwas Lauerndes.

Indessen Jensen schüttelte den Kopf.

„Nein, Herr Professor," entgegnete er, „ich bleibe nur kurze Zeit hier."

Ich atmete auf.

„Kehren Sie denn nicht in die Reederei meines Schwiegervaters zurück?" forschte ich weiter.

Auch das verneinte er.

„Die norwegische Polarexpedition hat mir die Ehre erwiesen, mich zum Führer ihres neu erbauten Dampfers zu erwählen. Das habe ich angenommen. Ich war schon einmal in der arktischen Zone und sehne mich dorthin zurück."

Da schlug ihm Professor Wackermann begeistert auf die Schulter.

„Sie wollen also das ewige Eistor öffnen, Herr Kapitän?" rief er mit seinem schwärmerischen Schmunzeln.

„Ja," erwiderte der andere, „ich will dabei helfen."

Und nun, bei der Erinnerung an seine Fahrt und an das nordische Meer, begann er etwas von seiner Verschlossenheit zu verlieren und überraschte uns durch die warme, belebte Art seiner Schilderung.

„Karl," flüsterte mir Wackermann zu, „das ist ja ein halber Gelehrter, welch ein merkwürdiger Mensch!"

Und auch ich war gefangen. Dieses ausgesprochene wissenschaftliche Interesse, das von jenem Mann ausströmte, für das er sogar sein Leben in die Schanze zu schlagen bereit war, ließ ihn mir wie einen der unseren erscheinen.

Mein Haß, mein lächerlicher Neid verflatterten für einen Augenblick. Ich reichte ihm meine Hand, und während er sie kräftig und aufrichtig schüttelte, lud ich ihn in einem seltsamen widerspruchsvollen Gefühl

186

ein, so lange er noch in unserer Stadt weile, mein Haus als das seine zu betrachten.

„Ich besitze viele geographische Mappen," erklärte ich ihm, „Sie lieben wohl ebenfalls seltene Werke?"

Da lief über das verschlossene Antlitz wieder jenes helle Aufleuchten, er holte tief Atem.

„Ja," sagte er einfach, „Bücher bilden meine Erholung. Wenn Sie erlauben, werde ich mich bei Ihnen und Ihren gedruckten Freunden einstellen."

Und noch einmal schüttelten wir einander die Hände.

*   *   *

Ich fuhr mit Lilli heim.

Im Wagen fiel es mir auf, daß sie so angeregt und fröhlich plauderte wie selten.

Ich weiß nicht, unausgesetzt mußte ich sie beobachten.

Überhaupt von diesem verderblichen Zeitpunkt an gebärdete ich mich wie ein Spion, der etwas Feindliches zu belauern hat.

Warum sie nur immerfort erzählte und mir Fragen vorlegte, ohne meine Antworten abzuwarten? Leise singend klopfte sie dabei an die Scheiben des Wagens.·

„Hast du dich unterhalten, Karl?" fragte sie endlich, sich zu mir zurückbiegend, und schlang ihre verschränk-

187

ten Hände um meine Schultern, so daß ihr schlanker, junger Körper an mir hing.

O, jetzt war es Zeit! — Noch einmal hätte ich einlenken können, noch einmal hätte ich sie umfassen und an mich reißen müssen, bevor die Macht, die bereits naturnotwendig und zwingend die Hand nach ihr ausstreckte, sich völlig ihrer bemächtigt hatte.

Jedoch mein Herz war voll beleidigten Eigendünkels.

Nichts entgegnete ich auf ihre Frage. — Ich lächerlicher Tor gedachte sie durch Schweigen und Zurückhaltung dafür zu strafen, daß sie mich vernachlässigt hatte.

O Gott! Wie blutig mußte ich dafür büßen!

XI.

Ein paar Tage später.

Draußen herrschte bitterer Frost, so daß gegen Abend in meinem Stubierzimmerchen wieder mächtige Holzscheite im Kamin aufflammen mußten. Die zuckten und krachten wohltuend durch die lautlose Stille.

Ich saß und arbeitete, freublos und zerstreut, denn meine Gedanken wohnten nicht mehr in meinem Werk.

Wehe, wehe! Das hatte ich früher nicht gekannt. Unsere Arbeit verlangt ja unbedingte Hingabe, indessen durch meine Sinne lief beständig etwas Störendes. Immerfort mußte ich an mein Weib denken, das in den letzten Tagen so heiter und aufgeräumt dahinlebte und es in seiner naiven Fröhlichkeit nicht einmal zu empfinden schien, daß ich täglich schweigsamer und gebrückter einherging.

Ich stutzte — — — Was war das?

Drinnen sang mein Weib, halblaut, aber doch hell und lustig.

„Lilli — Lilli," seufzte ich unwillkürlich, während ich beide Arme auf den Folianten stützte, um das schmerzende Haupt in meine Hände zu begraben.

Und plötzlich zuckte ich zusammen. Ja, das war es. Jetzt hatte ich endlich für das Gefühl, das mich so schmerzhaft durchschnitt, das mich quälte und mir die Ruhe vertrieb, den Namen gefunden. — — — Furcht empfand ich, Furcht vor dem Weibe, das ich an mich gebunden und das ich nicht kannte.

Mir fiel ein, was ich von feindseligen Philosophen in meinen Büchern gelesen: Das Weib sei etwas Unerkanntes, Drohendes, das von Anbeginn auf Vernichtung sinne; es sei der Versucher dieser Welt, der eine heitere und gefährliche Maske vorgenommen.

O, dieser lächerliche und doch so quälende Verdacht, was das singende Weib dort drinnen im Schilde führen könnte? Und warum sie so heiter sei? Ob das wirklich alles der kräftige große Mann verschuldet hatte? „Aber," so schrie es in mir, „sie hat dich doch geliebt, es dir täglich bewiesen — —"

Und dann durchrieselte mich unvermittelt der noch häßlichere Argwohn, der mich von Anfang an beherrscht hatte und der nur durch Lillis offen zur Schau getragene Neigung auf Monate zum Schweigen gebracht war. Die schneidende, schüttelnde Furcht, daß ich zu gering sei für sie, zu lebens- und willensschwach, und daß sie vielleicht des verstaubten, unter Büchern vergrabenen Gelehrten spotten könnte.

190

Erst jetzt kam mir der Gedanke.

In völliger Verwirrung erhob ich mich und schlich in die Ecke meines Stübchens, wo der kleine plüsch= überdachte Spiegel hervorleuchtete. Sehen wollte ich mich. Über mich selbst lachen.

Ich starrte hinein.

Ein blasses Antlitz mit müden Augen strahlte mir zurück, ein schmächtiger Körper, den die Wucht des Lebens erdrücken mußte.

O, die Pein dieser Erkenntnis war unsagbar.

Nein, nein, diese Qual ertrug ich nicht. Ich konnte nicht etwas entbehren, was ich einst besessen, ich war ja so an Liebe gewöhnt, schon von meiner Mutter her.

Da höre ich klingeln, dann ein paar gedämpfte Stimmen im Nebenzimmer, deutlich vernehme ich das tiefe, markige Organ, das mich bis in meine Träume verfolgt, und daneben Lillis wohltuende Stimme. Mir pocht das Herz zum Zerspringen.

Er war da.

Ob er sich lange bei ihr aufhalten wird?

„Aber nein, schon wurde der Türbehang zurückge= schlagen, und mit einem kräftigen ‚Guten Abend‘ trat Jensen ein.

Hinter ihm nahm ich noch für einen Moment die Ge= stalt meiner Frau wahr, dann befanden wir uns allein.

Erstaunt und verwundert blickte er sich bei mir um. Die reiche Behaglichkeit meines Zimmers schien ihn angenehm zu berühren.

„Sie haben es sehr schön hier," äußerte er endlich mit seiner tiefen Stimme, die selbst auf mich einen ganz eigentümlich bezwingenden Einfluß ausübte, „sehr schön, wirklich, so weltabgeschieden und ruhig."

„Und das gefällt Ihnen, Herr Kapitän?" fragte ich befangen.

Er hatte sich meinem Büchergestell zugewendet, so daß mir die hohe Gestalt jetzt den Rücken kehrte, und leichthin über die Achsel entgegnete er:

„Ja, Herr Professor, so seltsam es von einem Seemann klingt, ich liebe Ruhe und Einsamkeit über alles. Deshalb schließe ich mich auch der Polarexpedition an."

„Allerdings, die Stille, die Sie dort finden, muß majestätisch sein."

Er nickte und wandte sich wieder zu mir zurück.

Wenn er neben mir stand, mußte er zu mir herunterblicken. Seine hellen Augen musterten noch immer den Hausrat meiner Gelehrtenstube.

„Ja, ja, früher war ein solches Stübchen, voll von Büchern und seltenen Mappen, ebenfalls mein

192

Wunsch," begann er, während er sich zur Seite meines Schreibtisches niederließ, so daß sein blondes Haupt hell von meiner Lampe bestrahlt wurde.

Wieder frappierte mich die ungemeine Ehrlichkeit seiner Züge, und etwas raunte in mir: Von diesem Manne kann dir der große Betrug, den du ahnst, nicht kommen.

Ach, ich wollte so gern beruhigt aufatmen.

„Ja, solch ein Stübchen war mein Wunsch," fuhr er fort. „Sehen Sie, Herr Professor, ich bin der Sohn eines kleinen Fischerdorfpastors drüben vom Darst. Als ich noch auf den Knien meines Vaters ritt, war ich ebenfalls von solchen Folianten umgeben. Das steckt im Blut."

„Und Sie sind dennoch nicht Gelehrter geworden?" forschte ich halb teilnahmslos.

Immerfort mußte mein Auge die hohe breitschulterige Gestalt messen, als lauerte ich darauf, sie sollte sich erheben und einen Schlag nach mir führen.

Es war heller Wahnsinn. Und doch lag dem allem eine so ahnungsvolle Wahrheit zugrunde.

„Und Sie sind dennoch nicht Gelehrter geworden?"

„Nein, Sie wissen ja, die große Flut kam, die Hälfte meiner Heimatsinsel versank im Meer,

Vater, Mutter und Schwestern ertranken, mich selbst hat ein mitleidiger Fischer aus dem Wasser gezogen. Dann kam ich auf Staatskosten auf die Seemannsschule. Und so bin ich, was ich jetzt bin."

Während wir uns so unterhielten, hatte ich überhört, daß leise an die Tür geklopft worden war. Jetzt raschelte der Türbehang, und Lilli steckte ihr blondes Haupt herein.

„Ist es erlaubt?" fragte sie nach ihrer Gewohnheit, während sie eine Zeitlang in ihrer malerischen Stellung, die schwere Decke mit der ausgestreckten Hand zurückschiebend, verharrte.

Jensen wandte sich kaum. Das fiel mir auf. Mir selbst aber erschien die Gestalt in dem Türrahmen wie das Abbild einer wunderlieblichen Nymphe, die förmlich zur Liebe aufforderte.

Mit zitternder Stimme forderte ich sie auf, näher zu treten. Und bald saß sie auf ihrem braunen Ledersessel am Ofen, und ihre erste Frage ging dahin, ob der Kapitän mit uns nicht das Abendbrot einnehmen möchte?

In meinem dumpfen Hindämmern wunderte ich mich nur schwach, daß sie dies so selbständig tat, und doch wiederholte ich ihre Bitte.

Einfach und herzlich sprach der Seemann seine Bereitwilligkeit aus, und dann trat zwischen uns dreien eine kurze Pause der Befangenheit ein.

Es war wie die Stille vor dem Ansetzen des Sturmwindes.

Ich beobachtete die beiden.

Lilli hatte ihren schlanken Leib zurückgelehnt und beide Hände hinter ihr Haupt geschlungen. Dadurch dehnte sich ihre Brust. Die Augen hielt sie, nach der Richtung unseres Gastes hin, halb geschlossen, als träume sie oder erwarte irgend etwas Fesselndes, zum Nachdenken Reizendes.

Und auch Jensen, der noch immer unter dem Strahl der Lampe mir zugewendet verharrte, schien etwas Ähnliches zu empfinden, denn er nahm den Faden des abgerissenen Gesprächs unvermittelt wieder auf.

„Ja," wiederholte er nachdenklich, „Vater — Mutter — Schwestern ertrunken — die Heimat tief unten im Wasser — so etwas Ähnliches gibt es ja auch wohl in Ihren Volksliedern, Herr Professor — da ist es kein Wunder, daß ich die Einsamkeit schätzen lernte!"

Da atmete Lilli schwer auf.

„Das haben Sie erlebt?" murmelte sie noch immer mit ihren geschlossenen Augen. „Und jetzt haben Sie keinen Freund, Herr Kapitän?"

Der Angeredete rührte sich nicht.

„Nein," fiel es knapp von seinen Lippen, „keinen, nur eine Freundin."

Das schreckte mich auf.

„Eine Freundin?" forschte ich gespannt.

„Die See," gab er mit einem leisen melancholischen Lächeln zurück.

Lilli regte sich.

Ich sah, wie ihre Augen sich öffneten, um den ihr abgekehrten Mann voll und groß zu umspannen.

„Das Meer, das Ihnen soviel geraubt?" fragte sie leise. „Wie ist das möglich?"

Jetzt veränderte Jensen seine Stellung und blickte zu dem im Halbschatten sitzenden Weibe hinüber.

„Sie wissen wohl, Frau Professor," hob er langsam an, und mir schien es, als wenn seine Worte jetzt weniger sicher klängen als vorhin, „Sie wissen wohl, daß wir Seeleute einem abergläubischen Zuge folgen. So geht es auch mir. Ich muß auf die See hinausfahren, weil es mir manchmal ist, als würde ich dort draußen etwas finden. Vielleicht meine Schwestern, vielleicht meine Heimat. Jedenfalls etwas, was mir fehlt. Sie mögen darüber lachen, aber die See liegt vor mir wie etwas Dunkles, Ungewisses, und mir scheint es oft, als riefe sie mich nur deshalb so

196

laut, um mich vor einem Unheil auf dem Lande zu bewahren. Denn wir Seeleute versinken nicht bloß auf den Meeren."

Eine Weile blieb es still zwischen uns.

Diesem kindlichen Aberglauben gegenüber gewann ich plötzlich meine innere Überlegenheit zurück. Beinahe mitleidig lächelte ich zu Lilli hinüber, als wollte ich sie auffordern, ebenfalls in meinen Hohn einzustimmen. Jedoch, o Schrecken, mein Weib starrte den fremden Mann an, als hätte er ihr den Schleier vor etwas Übernatürlichem fortgezogen.

Ich konnte das alles durchaus nicht begreifen, und ärgerlich, nur mit Mühe mich bezwingend, erhob ich mich, schlug den Türbehang zurück und sah, daß der Tisch nebenan gedeckt war.

„Ich bitte!" forderte ich ziemlich kurz auf.

* * *

Noch höre ich sie singen.

Seit langer Zeit das erstemal hatte sich Lilli am Klavier niedergelassen und musizierte.

Ihre Töne hatten so etwas Dunkles, aus innerster Seele Dringendes. Heute befremdete mich doppelt die Leidenschaft, die aus diesen Tiefen emporzüngelte. Selbst ihre gesungenen Liebesklagen hatten für mich etwas Drohendes.

Meine Mutter, die das Abendbrot mit uns geteilt hatte, saß neben mir und hatte mich an der Hand gefaßt. Die alte Frau sah starr auf das Gesicht des fremden Seemannes, der uns an dem erleuchteten Tisch gegenüberlehnte, um nachdenklich und ernst nach Lilli hinüberzublicken.

Dann beugte sich die Greisin wieder zu meinem Weibe zurück und schien ängstlich auf ihre Stimme zu lauschen.

Unwillkürlich mußte ich alle Bewegungen meiner Mutter verfolgen.

War sie gleichfalls in Unruhe versetzt?

Merkwürdig — merkwürdig! Sie streichelt mir unausgesetzt den Arm, als ob mir — ihrem Einzigen — ein Unrecht geschähe.

O, du liebe alte Frau!

Endlich lehnte sich Lilli zurück.

Sie hörte kaum, was ihr der Fremde zum Dank sagte, sie hielt die Augen geschlossen, als hätte sie sich völlig ausgegeben und schwiege nun aus Erschöpfung.

Dieser Ausbruch, diese ekstatische Art waren ihr sonst gänzlich fremd.

198

Immer stiller wurde es, Ungemütlichkeit begann aus allen Ecken des großen Zimmers auf uns einzubringen, bis auch der still vor sich hin sinnende Kapitän davon ergriffen wurde, rasch aufstand und mir die Hand zum Abschied bot.

Als er sich von Lilli empfahl, reichte sie ihm kurz, fast gleichgültig ihre Finger und zog sie gleich darauf hastig zurück.

Alles fiel mir auf. Alles beobachtete ich. Ich lag auf der Lauer wie ein verhungerter Fuchs.

Zum Abschied, fast schon unter der Tür stehend, knöpfte Jensen, als wenn er sich auf etwas besänne, seinen Rock auf und brachte einen länglichen, in Seidenpapier eingewickelten Gegenstand hervor.

„Richtig," erinnerte er sich, „dies habe ich Ihnen, Herr Professor, mitgebracht. Ich bitte, es von mir anzunehmen."

Er lüftete die Hülle. Es war ein altertümliches, zweischneidiges Dolchmesser, aus Kupfer gefertigt, mit einem gelben Elfenbeingriff, aus dem ein blutroter Rubin in Augenform hervorleuchtete.

„Ich habe es in Buenos-Aires als Rarität gekauft," erklärte der Seemann. „Es soll eine uralte mexikanische Waffe sein. Dieses Auge weist noch auf

heidnischen Kult zurück. Nehmen Sie es, Herr Pro=
fessor, es wird Ihnen Freude bereiten."

Groß und ragend stand er unter der Tür.

Mich aber packte die Lust an allem Abgestorbenen,
Vermoderten, Vergangenen. Meine Hand zuckte nach
der Waffe und hielt sie wohlgefällig gegen das Licht.

Der Rubin sprühte, als wenn das Auge einen
blutigen Tropfen weine.

XII.

Wie ein unheimlicher, schwarzer Schatten, der an den Wänden entlang schlich, trieb die Furcht mich vor sich her.

In alle meine Lebensregungen mischte sie sich. Sie drang sogar in die schützenden Mauern der Universität hinein, um mich zu ängstigen.

Ein aufregendes, schreckliches Ereignis ist mir davon erinnerlich. — — — Am Tage nach dem Besuche des Kapitäns hielt ich meine gewohnte Vorlesung in einem der langgestreckten Hörsäle der Hochschule.

Ich saß auf dem Katheder und trug meinen Hörern einige Lieder alter Minnesänger vor.

Genau fühlte ich den Wohlklang der Verse, ich nahm wahr, wie die vielen jungen Augen interessiert auf mich gerichtet waren, ich hörte das Kritzeln nachschreibender Federn.

Plötzlich — blitzartig, stockt mir das Wort — ich suche, kann nicht finden, ich wende mich hin und her, das Entsetzen preßt mir das Herz bis in die Kehle. Endlich — endlich stammle ich den gesuchten Ausdruck hervor, aber der Fluß meiner Rede ist unter=

brochen; ich kann mich nicht sammeln, anstatt der alten Rittersänger sind ungeahnt die Gestalten meines Weibes und des Fremden, der mich immerdar verfolgt, vor meine Seele getreten, und diese beiden lassen meine Gedanken nicht mehr los.

Ich spreche weiter, aber ich verwirre mich. Ich sehe immer Jensen und mein Weib. Das Blut schießt mir ins Gesicht. Meine Hörer werden unruhig, man staunt mich an — da raffe ich die letzte Kraft zusammen, erhebe mich, und nachdem ich unzusammenhängend ein plötzliches Unwohlsein vorgeschützt, renne ich zitternd aus dem Hörsaal hinaus und flüchte nach Hause.

＊　　　＊
＊

Meinem Weibe verschwieg ich diese Anwandlung. Ich schämte mich, krank und nicht Herr meines Körpers zu sein so wie der andere. Immerfort mußte ich an seine hohe, muskulöse Gestalt, an seine stählernen Glieder denken.

Und Lilli bemerkte meine merkwürdige, zitternde Abspannung gar nicht. Einen langen Blick nur warf sie mir zu, als sie mich an jenem Tage bei meiner Rückkehr durch ihr Zimmer gehen sah. Und so toll war ich bereits, so gehetzt und verängstigt, daß ich mir einbildete, in ihrem Blicke hätte etwas wie Hohn, zum mindesten etwas Abschätzendes, Vergleichendes ge= legen.

Todmüde sank ich am Nachmittage an meinem Schreibtisch zusammen. Arbeiten konnte ich nicht. Nur blättern in dem großen Mönchsfolianten, blättern und gedankenlos durch die angelaufenen Scheiben hinaus= spähen.

So traf mich Professor Wackermann, der um die fünfte Stunde zu mir in die Dunkelheit herein= trat. Er erschrak, als er mich in dieser Finsternis hocken sah.

„Karl, was machst du denn da?"

„Ich — ich — mir ist nicht ganz wohl."

„So mach' doch Licht an."

„Ja — ja — gewiß — sofort."

Als ich hastig die Lampe entzündet hatte, blieb der alte Mann vor mir stehen. Dann schob er an seiner blauen Brille und brachte endlich besorgt hervor: „Du siehst wirklich blaß aus, Karl. Sag' mal, Junge, dir fehlt doch nichts Ernstliches?"

„I bewahre," beruhigte ich ihn, „gar nichts Ernst= liches."

Kopfschüttelnd ließ sich der alte Herr dicht bei mir nieder und ergriff meine Hand, auf der er lieb= kosend herumstrich. Noch immer schien er in Sorge zu sein, denn er sprach ausnahmsweise nicht sofort von unserer Arbeit.

„Karl, sag' mal, weshalb sitzt du hier so allein?" begann er nach einer Pause, mich immer streichelnd.

„Allein?" stotterte ich. „Meine Frau ist zu meinem Schwiegervater gegangen."

Der Alte nickte ein paarmal und blieb eine Weile still. Dann sagte er ruhig — gewiß, ohne sich dabei etwas zu denken: „Da wird sie Jensen treffen."

„Jensen?"

Da war es.

Ich schloß die Augen, holte tief Atem und umklammerte die Lehne meines Sessels. Mich durchdrang es, als ob mich jemand mit einem Messer gestoßen hätte. Durch mein pochendes Herz schnitt etwas, daß ich laut hätte wimmern mögen, und nur mit äußerster Kraft vermochte ich hervorzustoßen:

„Hast du — ihn — getroffen?"

„Ja, ich sah ihn in das Haus eintreten."

„Und — und meine Frau auch?"

„Das weiß ich nicht. — Das sagtest du ja vorhin selbst, Karl."

„Ach ja — das — ganz recht — das sagte ich."

Wieder trat eine Weile Stillschweigen zwischen uns ein. Ich sank in meinem Lehnstuhl zusammen und rang nach Luft. Wenn ich nur einmal hätte aufstöhnen können, mich vor die Stirne schlagen und aufschreien, aber die Gegenwart meines alten Freundes raubte mir auch diese Wohltat. Freilich, dafür braute mein Hirn immer tollere Bilder. Also jetzt waren die beiden in dem gotischen Hause allein. Jetzt schon konnte es geschehen sein. Ob sie sich schon gefunden hatten, die für einander bestimmt waren? Und ob sie nun meiner und meiner Ohnmacht spotteten?

Ein leises Seufzen drang über meine Lippen. Meine gereizte Phantasie zauberte mir immer glühendere Bilder vor. Ich berauschte mich förmlich in den Liebkosungen, welche die beiden miteinander austauschen könnten.

Jetzt würde sie Jensen in seinen Armen tragen, hoch vom Boden erheben und tragen. Er besaß ja die Kraft dazu, dieses hochgewachsene Weib wie ein Kind in der Luft zu wiegen. Jetzt würde sie die Arme um sein Haupt schlingen, diese herrlichen, vollen Arme. — — —

O Gott — — —

„Karling," murmelte Wackermann und rüttelte mich am Arm. „Heute wird das nichts mit dem Arbeiten. Soll ich — soll ich deine Frau nicht benachrichtigen?"

Ja, ja, das war Erlösung. Getrennt mußten die beiden werden, auseinandergejagt, bevor die Sünde reif geworden.

„Ja, ja, lieber Freund, ich bitte dich, rufe meine Frau, benachrichtige sie — mir ist — mir ist — —"

Da stockte ich.

Nein, nein, wie durfte ich denn? Ich durfte ja nicht zugeben, daß ich kränkelte, daß ich nicht so robust sei wie der andere. Krankenluft durfte nicht von mir ausströmen, das konnte mein schönes Weib, das nach Gesundheit dürstete, vollends von mir fortscheuchen.

Ich griff nach meiner Stirn und richtete mich langsam auf. „Schon vorüber," murmelte ich. „Wollen meine Frau nicht ängstigen — nein, das beste ist, ich lege mich ein wenig zur Ruhe. — Nur ein wenig Ruhe."

Mein Freund schien selbst etwas Ähnliches gewünscht zu haben. Lebhaft nickte er und blickte sich unruhig im Zimmer um. Dann bat er mich, ich möchte mich gleich niederlegen. Nur als ich ihm dies fest versprochen hatte, entschloß er sich zum Aufbruch, den ich so sehr ersehnte.

Beim Abschied wollte er mir noch etwas Tröstliches sagen.

„Morgen, Karl," ermunterte er, während er sich

das dicke, wollene Halstuch umband, „morgen ar=
beiten wir weiter, nicht wahr? — Der alte Kloster=
herr könnte uns sonst ungnädig werden."

Dabei klopfte er liebkosend auf den mächtigen,
gelben Folianten.

Aber mein Herz hing nicht mehr an meinen alten
Götzen. „Nein — nein," warf ich gleichgültig hin,
„nicht morgen — — auch nicht übermorgen — —
ich werde dir schreiben, lieber Kollege."

Der alte Mann stand still und maß mich mit
einem sonderbaren, trauernden Blick.

Merkte er, daß ich Scheu vor unserer Wissenschaft
empfand, daß mir langsam ein Ekel vor diesen schweins=
gelben Blättern aufstieg, daß ich nichts wissen wollte
und nichts fühlte als die Qual um mein Weib, das
sich von mir abgewandt?

„Leb' wohl, Karl," grüßte er kleinlaut und sah zu
Boden, „gute Besserung."

„Guten Abend, lieber Wackermann."

Er ging.

Ich blieb allein und sann. Mechanisch ließ ich mich
in den Sessel am Ofen sinken, in dem sonst Lilli im=
mer ruhte, und starrte vor mich hin.

Was nun?

Ende und Anfang aller Gedanken, die mich pei=

nigten, bildeten stets wiederkehrend die Vorstellung: „Du bist häßlich, klein, kraftlos, vertrocknet in der dürren Hitze deines Stubierzimmers, der andere aber ist selbstbewußt, geformt aus Mark und Eisen. Von ihm geht Leben aus, von dir der Tod."

O, wie mich die Verachtung vor mir selbst anfraß, wie sie an mir nagte, wie sie Stück für Stück von dem fortbiß, was mein Leben bis dahin geschmückt hatte.

So erbärmlich kam ich mir vor, so von der Natur vernachlässigt und betrogen, so reif dafür, abgeschüttelt und verstoßen zu werden.

Ob mir das nun bald bevorstand? Und wann würde der Augenblick eintreten? Denn täuschen würde mich Lilli nicht, das wußte ich. Sobald sie sich über sich klar war, würde sie vor mich hintreten. Wie lange Frist mir da wohl noch gewährt war? O, die Angst vor diesem Augenblick lärmte laut in meinem Herzen und ließ mir den Atem stocken.

Nein, nein, nur nicht diese Ungewißheit. Ich beanspruchte ja nichts mehr von ihr, nichts weiter von meinem schönen, heißgeliebten Weibe als Klarheit — Klarheit und Gewißheit.

Plötzlich schrak ich auf.

Es klingelte. — Lillis Stimme. — —

Da wußte ich es. Ich wollte sie fragen. Ich wollte sie zwingen, mir zu antworten.

Gleich — sofort!

* *

„Ist Mutter nicht bei dir?“ fragte Lilli verwundert, als sie zu mir ins Zimmer trat.

Sie knöpfte sich ihr Pelzjacket auf.

„Es wird linderes Wetter draußen, Karl,“ fuhr sie fort, wobei sie sich in den Sessel gleiten ließ und sich die Flocken von ihrem Rock abschüttelte. „Rechte Schlittentemperatur.“

Wie geschmeidig all ihre Bewegungen waren. Ja, ja, sie kam von ihm. Ihre Lippen glühten, wie wenn sie mit wilder Leidenschaft geküßt worden wären.

Ich stand vor ihr und bemerkte das alles. Und doch stieg keine Entrüstung in mir auf, in mir lebte nur noch die ganze Gewalt des Scheidens, die Ahnung, daß ich mich vielleicht bald von ihr trennen müßte. Noch damals hätte ich vor ihr niederstürzen, ihre Knie umklammern und um Gnade flehen mögen.

So wenig haßerfüllt, so kraftlos dachte ich zu jener Zeit. Aber ich hielt an mich.

Ich mußte sie fragen. Klarheit schaffen. Die Lüge verbannen.

Ich setzte an.

„Hast du — hast du Jensen getroffen?"

Meine Stimme klang ganz anders als sonst. Doch meinem Weibe fiel es nicht auf. Völlig unbefangen, angeregt sich hin und her wiegend, nickte sie eifrig.

„Du — ja — er läßt dich grüßen," plauderte sie wie in lächelnder Erinnerung und nahm das Barett ab. Auf ihren goldenen Haaren schimmerten noch ein paar Flocken.

Mir kamen die glänzenden Fäden zerzaust vor. O, meine unheilvolle Phantasie jagte mich immer tiefer ins Verderben.

Oder hatte ich damals bereits recht gesehen?

Mein Weib lächelte immer ganz glücklich weiter und wiegte sich wie ein befriedigtes Kind.

„Du, Karl, ich habe eine Bitte an dich."

„Eine Bitte?"

Ich war in Verwirrung gesetzt. Ihr Ton klang so rein und liebenswürdig wie immer. Sollte ich jetzt wirklich die entscheidende Frage stellen?

Ich zögerte.

„Du" — sie ergriff meine Hand, während ihre Augen unausgesetzt in die Ferne glänzten. „Wir wollen morgen eine Segelschlittenfahrt machen. Ja? Nach Rügen. Der Kapitän hat uns eingeladen. Bitte, bitte,

210

Karl, komm mit. Tu's mir zu Gefallen, denk' mal,
ich habe noch nie im Segelschlitten gesessen und freue
mich wie ein Kind darauf. Jensen besitzt ein eigenes
Boot. — Willst du? Sag' doch ja."

Da stand ich und starrte sie an.

Der Schweiß drang mir aus allen Poren. Ich
merkte, wie ihre ganze Seele an dieser Fahrt hing, ich
wußte, daß diese unverhohlene Freude an dem Zu=
sammensein mit dem Fremden etwas Verletzendes für
mich einschließe, und doch — und doch — alles an
ihr mutete mich so unschuldig an, so offen, so un=
berührt.

O Dank — Dank, tausendfachen Dank, noch mußte
sie schuldlos sein. So harmlos und kindlich konnte
sich sonst nur der vollendete Betrug äußern, nein, nein,
Lilli war rein, bis jetzt war sicherlich alles noch spie=
lender, schweifender Wunsch. Gewiß, jetzt mußte ich
sie mit dreifacher Liebe umfangen, festhalten, um=
garnen.

Und von hier an beginnt der kläglichste Abschnitt
meines Daseins. Ich fing an, mich vor ihr zu be=
mütigen. Dem Weibe, das sich an kecker Kraft er=
freute, schlich ich nach gleich einer bienenden Zofe.

Leise strich ich der Träumenden über die glänzen=
den Haare.

„Lilli, hat Jensen mich denn auch eingeladen?"

„Dich?"

Sie wandte ihr Haupt. Mir war es, als ob sie sich besinnen müßte. „Natürlich. Wie kommst du darauf? — Und nicht wahr, wir nehmen an?" bat sie erregt weiter und ergriff warm meine Hand. „Nicht wahr, wir nehmen doch an?"

Mechanisch nickte ich. Um mich war alles so dumpf, ich fühlte nirgends einen Halt; so übergab ich mich willenlos meinem Schicksal.

„Gern, Lilli," murmelte ich, „wenn es dir Freude bereitet."

Da sprang sie auf. Ihre Brust dehnte sich. „Also dann morgen nachmittag um zwei Uhr!" rief sie, kaum an sich haltend.

Wieder stutzte ich.

Wußte sie denn nicht, daß sich um diese Zeit meine Seminarschüler bei mir versammelten? Galt denn meine Wissenschaft nichts, gar nichs mehr?

„O, dann sagst du einmal ab, Karl," widerlegte sie, als wenn sie meine Gedanken erraten hätte. „Sieh mal, du wirst uns doch nicht stören wollen! wie?"

Sie strich dabei mit ihrem Arm, wohl halb absichtslos, an meiner Schulter vorüber. Mich jedoch durchzuckte es, wie wenn es eine Liebkosung gewesen wäre.

Nach der kleinsten Gabe dürstete ich ja jetzt.

„Wenn du meinst," stammelte ich gehorsam.

Sie lehnte sich jetzt wirklich an mich.

„Ach, das ist schön von dir, Karl," rief sie ganz glücklich, „wirklich schön," und plötzlich umfing sie mein Haupt mit beiden Händen, und ich fühlte ein Paar heiße Lippen auf meiner Wange.

Diese heiße Glut! — — — diese wunderbar weichen Lippen. — — —

Wenn nur in meinem Innern die wilde hämische Stimme nicht gewesen wäre, die laut schrie: „Wiege dich nicht in Hoffnung, während sie dich küßt, meint sie den andern. All deine Folianten besiegen den erglühenden, sehnsuchtsvollen Körper des Weibes nicht. Sie drängt von dir fort — zu dem Fremden, zu dem Stärkeren. — Dir bleibt nur, zur Seite zu treten — aufzugeben."

„Komm, Karl," forderte Lilli verwundert, „wir wollen zur Mutter."

Die Nacht, die ich verbrachte, war marternd. — Neben mir mein atmendes Weib und in mir dieses Schlangennest von Zweifeln. Unbemerkt beugte ich mich oft über sie, um sie zu betrachten. Der Mond fiel hell auf ihr Antlitz, und sie lag marmorhaft ruhig und — lächelte.

O dieses Rätsel, diese entsetzliche Pein.

XIII.

orling, nu steig mal in," keuchte Onkel Holm, der
unten auf der vereisten Hafentreppe stand, während
er hochrot im Antlitz zu mir in die Höhe zwinkerte.

Wir hatten den Alten am verflossenen Abend bei
meiner Mutter getroffen, und in seiner harmlosen Auf=
bringlichkeit hatte er uns sogleich seine Begleitung an=
geboten.

Nun humpelte er neben dem Kapitän Jensen in
mächtigen Pelzstiefeln um den großen Bootschlitten
herum und klopfte dem braunen Pferde, das uns bis
ans offene Meer ziehen sollte, gutmütig auf Hals
und Nüstern.

Unterdessen stieg ich behutsam mit Lilli, die ihren
Arm leicht in den meinen gelegt hatte, die glatten
Treppen hinunter, und — wie man sich manchmal
an eine Kleinigkeit erinnert — plötzlich fühlte ich, wie
Lilli besorglich meinen Arm zurückhielt, als wollte sie
mich vor der Glätte der Stufen schützen.

„Vorsichtig, Karl," flüsterte sie. „Jetzt wärst du
beinahe gefallen."

Ihre Augen tauchten für einen kurzen Moment
dunkel und erschrocken in die meinen.

214

„Mein Gott," dachte ich in meiner brütenden Zer-
riſſenheit, „iſt das nicht dieſelbe Fürſorge, die ſie
immer für dich gehegt? Täuſchſt du dich denn nicht?"
Und gleich darauf ſauſte wieder die feindliche Vor-
ſtellung dazwiſchen. „Ob ſie auch für den andern, der
ſo geſund und aufrecht dort unten in ſeiner Pelzjacke
verharrt, ob ſie auch für ihn eine ſo beſchämende,
beinahe mütterliche Bangigkeit empfinden würde, daß
er ſtraucheln könnte?" — — — — — Jenſen ſtreckte
uns die Hände entgegen, um uns beim erſten Schritt
auf dem Eiſe behilflich zu ſein. Dann blickte er nach
der Sonne, die rötlich über den Feldern in einem
grauen Schneehimmel ſchwamm.

„Wie milde die Luft iſt," äußerte er zu Lilli.
„Wind und Wetter haben ſich ganz nach Ihnen gerichtet, Frau Profeſſor."

In ſeinen ruhigen Worten lag eine ſtille Huldigung.
In ſeiner Art, ſie in den Schlitten zu heben, lag
etwas Bebendes, Wünſchendes, Zurückgedrängtes.

O, meine Sinne hatten ſich ſo überaus geſchärft,
mein geiſtiges Taſtvermögen war ſo empfindlich, ſo
nervös, daß mir nichts mehr entging.

„Na, Herr Profeſſor," ordnete Onkel Holm an,
der nun ebenfalls an dem Boot erſchien. „Nu
ſetz' dir man mit den Rücken gegen den Wind!

Sonst könnt' dir dat schaden. Und ick hab' Mutting versprochen aufzupassen. Herr Kapitän, Sie setzen sich vorläufig neben die Frau Professor ans Steuer, un ick kutschier, bis wir an'n Bobben sünd. Dann kann meinswegen die Segelei losgehen. Davon versteh ick nix. Ick krabbele gleich nach vorn an'n Stern."

Den Anordnungen des Alten wurde entsprochen.

Bald glitt der Schlitten zwischen den engen Ufern des Rick dahin, die Glöckchen des Pferdes läuteten leise, und Onkel Holm hockte in seinem Pelz im Stern und schwang von Zeit zu Zeit knallend die Peitsche.

In einer Viertelstunde hatten wir den Meerbusen erreicht.

Der Wind hatte die gewaltige Fläche vom Schnee gereinigt, spiegelglatt und glänzend dehnte sich die Eisfläche aus, in der Ferne funkelte es wie ein dunkler eherner Schild. Hier wurde das Pferd einem Fischer übergeben, und Jensen erhob sich, um mit des keuchenden Onkels Holm Hilfe das Segel in der Mitte des Schlittens aufzustellen. Kräftig blähte der Wind die Leinwand, und mit wuchtiger Schnelligkeit flog das leichte Fahrzeug über die schweigende Bahn wie ein Vogel, der zielbewußt über das Meer schießt.

Die Bewegung war so lautlos und angenehm, das Wetter so milde.

216

Halb bewundernd mußte ich zu dem hochgewach=
senen jungen Mann aufsehen, der aufgerichtet im
Schlitten saß, um die Leine des Segels mit fester
Hand zu halten.

Sein Arm schien keine Ermüdung zu kennen. Harm=
los plauderte er mit meiner Frau und machte sie auf
die Schönheiten der uns umgebenden Winterlandschaft
aufmerksam.

Da waren namentlich die Schneehügel, die sich
auf den entschwindenden Ufern des Boddens gebildet
hatten, welche durch ihre phantastische Gestalt unsere
Aufmerksamkeit in Anspruch nahmen.

„Sehen Sie, Frau Professor,“ sagte der junge See=
mann ernsthaft, „dort baut sich förmlich ein Tempel
in die Höhe, mit Säulen und Portalen, und die rote
Schneesonne bedeckt das Ganze mit einem blau flim=
mernden Dach. Dort könnte der König der Stille
wohnen.“

Mein Weib mit ihren großen, versonnenen Augen
sah ernsthaft hinüber. Mich aber, der noch vor kurzem
über die kindlich poetische Ausdrucksweise dieses Men=
schen gelächelt hatte, auch mich packte heute die stille,
fast dichterische Gemütstiefe, die von dem sonst so
bescheidenen Mann ausging. Gedankenvoll starrte ich
auf den blitzenden Tempel hinüber.

Da unterbrach Onkel Holm mit seiner zottigen Derbheit diese merkwürdige Stimmung, die uns andere bereits umflammerte.

„So," schmunzelte er, „meinswegen kann der König der Stille hausen, wo er Lust hat. Ick hab' hier viel wat Vernünftigeres. Seht mal, Kinnings, zwei Buddeln Rum von den allerfeinsten. Ick bün 'n alter Seemann und weiß, was den Magen not tut bei so 'ne Reise."

Dabei holte er aus seinen beiden mächtigen Seitentaschen zwei umfangreiche Flaschen hervor und korkte die eine auf. Er ruhte auch nicht eher, als bis wir andern das von ihm vergötterte Getränk gekostet hatten.

Und wieder berührte es mich eigentümlich, als ich sah, wie Jensen den Becher aus Lillis Händen empfing und ihn, den Blick fest auf sie gerichtet, andächtig leerte.

Wieder war es mir, als hätte er dabei eine glühende Rede an sie gerichtet, und auch Lilli verfolgte mit ihrem dunklen Blick jede seiner Bewegungen.

Um uns her wurde es dämmriger, die Sonne stand rot auf den fernen Gipfeln der Schneegebirge, die wir hinter uns ließen. Lautlos und pfeilschnell pfiff das Gefährt jetzt über die offene Ebene dahin.

Noch immer saß Jensen und hielt die Leine mit der ausgestreckten Hand.

Plötzlich jedoch hob Onkel Holm das Haupt und schnüffelte mit der Nase in der Luft herum.

„Merken Sie't?" fragte er den neben ihm stehenden Kapitän.

„Ja," gab Jensen zurück, „der Wind springt um, das ist verdrießlich."

Und wirklich. Kaum hatten die beiden Seeleute ihre Meinung ausgetauscht, da flatterte auch schon das Segel schlapp an den Mast heran, fuhr noch ein paarmal in die Höhe und hing endlich still und unbewegt herab.

„Da haben wir die Bescherung," schrie Onkel Holm und kletterte, während das Fahrzeug sich kaum noch vorwärts bewegte, schimpfend aus dem Boot.

„Je, nu sagen Sie bloß, wat geben wir nu an? Die Geschichte kenn ick, diese Flaute kann stundenlang anhalten. Da müssen wir nu woll hier in den Schlitten übernachten! Prost Mahlzeit! Ick bei mein Reißen! Herr Kap'tän, warum haben Sie mir nicht zu Hause gelassen?"

Und auch Lilli begann sich zu beunruhigen.

„Wirklich?" fragte sie, indem sie sich aufrichtete

und nun ebenfalls neben Jensen stand. „Müssen wir hier liegen bleiben?"

Ihr Blick fiel auf mich, ich weiß nicht, ob sie sich meinetwegen ängstigte. Jedenfalls konnte ich eine gewisse Schadenfreude nicht unterdrücken, daß dieser kräftige, selbstbewußte Nordpolfahrer, dessen Ruhm ein ganzes Land erfüllt hatte, jetzt so macht= und ratlos vor uns stand.

„Klock vier," murmelte Onkel Holm bedenklich, wobei er ein unförmiges Uhrgehäuse aus der Tasche zog, und ich konnte mich nicht enthalten hinzuzusetzen:

„Es wird immer dunkler. Wir werden den Rückweg wohl kaum noch finden."

Und tatsächlich, rings um uns herrschte Dämmerung, die Sonne war entwichen, nur der Schnee leuchtete ein ungewisses Licht.

O, ich hätte gewünscht, wir alle wären hier elend zugrunde gegangen. Erfroren und verkommen, bevor ich die Gewißheit meines Jammers erlangt hatte. Wie glücklich wäre ich damals noch gestorben!

Aber mein Schicksal wollte es anders.

„Was nun, Herr Kapitän?" fragte Lilli noch einmal und legte Jensen unwillkürlich die Hand auf die Schulter.

Und als ob ihm diese Berührung seine alte Kraft zurückbrächte, richtete sich der Seemann ruhig auf und bat meine Frau und mich, unbesorgt Platz zu behalten.

„Eine Stunde noch," sagte er, „haben wir bis Putbus, die Lichter sieht man bereits herüberflimmern. Bis dahin schiebe ich Sie."

Ich starrte ihn an, ob er scherze, aber in demselben Moment bewegte sich das Fahrzeug bereits wieder vorwärts, und Jensen schritt an dem Hinterteile des Schlittens stoßend einher, scheinbar ohne sonderliche Anstrengung.

„Gotts Lüchting, dat is 'ne Idee," meinte Onkel Holm, der gebückt neben ihm her humpelte. „Wenn Sü erlauben, Herr Kap'tän, denn steig' ick auch wieder in."

Damit setzte er sich neben mich, und langsam glitt das Gefährt weiter.

Mir schlug das Herz. Ich sah, wie sich Lilli umwandte, um mit dem Mann, der ihr im Rücken so nahe schritt, zu plaudern.

O, wie schmeichelnd und zitternd klang ihre Stimme, während sie mit ihm sprach. Derartig süße Töne hatte ich aus ihrem Munde schon lange nicht mehr vernommen. Unausgesetzt bedauerte sie ihn, daß er sich unfertwegen so anstrengen müsse, ja, einmal legte sie sogar ihre Hand auf seine Finger, um zu fühlen, ob sie noch nicht erstarrt seien.

Ich sah, wie Jensen ganz unvermittelt sein Haupt neigte, als enthielte er sich kaum, die kleine Hand, die ihn liebkoste, zu küssen.

Das alles sah ich, das alles fühlte ich, das alles bemerkte ich — und mußte schweigen.

Immer dunkler wurde es, immer schweigsamer in dem Schlitten. Heftige Kälte begann auf uns einzudringen, ich fühlte, wie mir Körper und Gedanken langsam starr wurden. Fester lehnte ich mich gegen den Pelz Onkel Holms, der sanftselig neben mir eingeschlummert war, und aus der Dunkelheit heraus hörte ich noch immer das undeutliche Murmeln meines Weibes, das mit unserem Retter leise Worte austauschte.

Allmählich jedoch schwiegen auch diese beiden. Und immer finsterer wurde es. Man hörte endlich nur noch die festen Schritte Jensens und das Knarren des Schlittens.

Da plötzlich fuhr etwas über die See. Gottlob! Der Wind war aufgesprungen, Jensen trat in den Schlitten zurück, spannte das Segel und setzte sich jetzt neben mein Weib.

Ich glaubte zu fühlen, wie sie vor Kälte oder vor

222

Leidenschaft erschauerte und sich ebenfalls eng an den Mann schmiegte, der neben ihr saß.

Aber ich rührte mich nicht mehr. So haßerfüllt sich auch mein Inneres gebärdete, die äußere Kälte ließ mich zu keiner Bewegung mehr kommen.

Sehnsüchtig sogen sich meine Augen an den aufzuckenden, immer heller werdenden Lichtern fest, die vom Lande herüberschimmerten.

Wir sausten dahin. In grauer Dämmerung. Dann ein gewaltiger Stoß, wir hatten das Land berührt. Dicht vor uns ragte das erleuchtete Strandhotel auf. Wir befanden uns genau vor unserem Ziel. Mit staunenswerter Sicherheit oder mit beinahe unverständlichem Glück hatte uns Jensen geführt.

Ja, ja, Glück, das war es. Er war einer von denen, denen die leichte Dirne nachläuft, um sie anzubetteln.

O, welch eine Lustfahrt war dies gewesen.

Mit schmerzenden Füßen und brennender Stirn wanderte ich neben Onkel Holm, der schlaftrunken neben mir herschlich, dem erleuchteten Portal zu.

Uns voran aber schritten Jensen und Lilli. Hoch aufgerichtet und fröhlich miteinander scherzend. Sie waren die Starken, sie allein.

223

XIV.

In dem Saale des Hotels saßen wir beim Abendbrot vereinigt. Jensen hatte darauf bestanden, daß
wir seine Gäste seien.

Der weißgedeckte Tisch war bei dem riesigen Ofen
aufgeschlagen, ein Kunstwerk, das der Wirt zu dieser
späten Stunde noch einmal mit mächtigen Holzscheiten
hatte speisen lassen. Nun prasselten die Flammen
in die Höhe und warfen ihren roten Schein über
uns hin.

Wie zerschlagen saß ich bei den anderen, und wieder mußte ich es erleben, welche Macht der Gehaßte
auf seine Mitmenschen ausübte. Denn kaum hatte
Jensen, der sich so frisch und munter bewegte, als hätte
er nicht geraume Zeit ein schweres Gefährt vor sich
hergeschoben, sich seiner Pelzjacke entledigt, so schüttelte
ihm der Hotelbesitzer hocherfreut beide Hände und bat,
daß er den wackeren Seemann, den er nach Illustra-
tionen verbreiteter Blätter sofort erkannt hatte, auf
seine Kosten bewirten dürfe.

„Es ist mir eine Ehre, den Kapitän Jensen vom
‚Stolz Pommerns' unter meinem Dach zu beherbergen,"
erklärte er.

Und er ließ es sich nicht abschlagen.

Bald strotzte der Tisch von den erlesensten nordischen Gerichten; der Hotelbesitzer, der sich zu uns gesetzt hatte, ließ seine ältesten Weine heraufbringen, und endlich schäumte ein moussierender Champagner in unseren Kelchen.

Und hier in dem langen, weißen Saale, in dem unsere Worte laut widerhalten, kam mir die unumstößliche Gewißheit, daß ich am heutigen Tage mein süßes Weib, mein Glück, verloren hatte.

Es war, wie wenn für sie nichts mehr vorhanden wäre außer ihm. Sie lebte und bewegte sich nur noch unter seinem Blick, ihre leicht geöffneten Lippen schienen ihm unaufhörlich Grüße hinüber zu flüstern. Immer wahrer und unverhohlener äußerte sich die Sehnsucht, die in ihrer Seele aufgeschossen war.

In ihre ganze Haltung kam etwas Anreizendes, Geschmeidiges, das ich früher nie bemerkt.

Und merkwürdig! Auch Onkel Holm schien viel schweigsamer als sonst. Zwar goß sich der alte Seemann ein Glas des schweren Champagners nach dem andern ein, daneben aber stützte er den Kopf in seine gewaltige Faust und blinzelte, scheinbar verschlafen, zu den beiden andern hinüber.

Von Zeit zu Zeit schüttelte er unmerklich das Haupt.

„Wollen schlafen gehen, Korling," murmelte er endlich undeutlich vor sich hin und schob sein Glas von sich, „ick glaub', nu wird es Zeit."

Und während Lilli und der Kapitän noch vor dem großen Ofen verharrten und sich gemeinsam zu der gewaltigen Feuerstatt beugten, als wollten sie sich wärmen, zupfte mich Onkel Holm ein paarmal energisch am Rock.

„Komm, min Jünging!"

Vom Wein und von meiner Qual betäubt, folgte ich nicht gleich, da setzte er mir die Faust in die Seite und flüsterte noch einmal ein dringenderes „Komm".

Mit seinem plumpen Kopf winkte er dabei zur Tür.

Unbemerkt folgte ich ihm.

Mein Weib und der fremde Seefahrer ließen sich noch immer von der rötlichen Glut des Ofens umspülen, schweigend und doch, als ob sie einen längst ersehnten Genuß auskosteten.

Alles fühlte ich nach.

Draußen in der offenen Halle, in die der Seewind laut hereinpfiff, hielt mich Onkel Holm fest und drehte verlegen an einem Knopf meines Rockes herum.

Der alte ehrliche Mann war es, aus dessen Munde mir zuerst mein Schicksal in seiner ganzen erdrückenden Schwere verkündet wurde.

„Hör' eins, Jünging," brummte er und schüttelte mißfällig den Kopf, „du mußt mich dat nich übel= nehmen — aberst weißt du — ick würd' nu den frem= den Menschen nich mehr so viel mit ihr allein lassen, verstehst du mir?"

„Mit Lilli?" fragte ich langsam.

Ich war so darauf vorbereitet, daß ich kaum noch erschrak, und doch schien es mir Unseligem, als hätte der Alte in diesem Augenblick mein Herz zwischen seine schwieligen Fäuste genommen, um das zuckende Ding zu zerquetschen.

„Ja, ja," wiederholte Onkel Holm widerwillig, „ick weiß nich, Korl, du büst in so 'ne Sachen zu un= bewandt, steckst woll auch zu tief in deine Bäuker= geschichten drin. Süh mal, min Jung', die beiden sind mich 'n bißchen zu vertraulich nitenander. Ick will dir nich ängstigen, und dat is woll auch nichs, aber so'n junges Weib muß der Mann ümmer bewahren. Er muß ihr manchmal verflucht den Zaum anlegen, denn die menschliche Natur von die Weibers neigt leider Gotts zu solche Streiche. Weiter wollt' ick dich nichts sagen, und nu mußt du as en Mann handeln, Korl."

Er humpelte von mir fort. Aber unter der Tür wandte er sich noch einmal um und knurrte zurück:

„Aber ängstigen tu' dir nich, mein Jünging — hörst du? — Gut' Nacht!"

*

Gedankenlos, wie traumwandelnd, schritt ich wieder in den Saal zurück. In all dieser Zeit handelte ich, als könnte ich nicht völlig zur Besinnung gelangen, als wäre ich bei all diesen Ereignissen nur Zuschauer.

Die beiden standen noch neben dem Feuer und wärmten sich die Hände. Während ich hinblickte, fiel es mir auf, wie weich und gefällig die Linie dieses gebeugten Frauenkörpers verlief, und wie rosig die Flammen ihr sonst so weißes Antlitz überhaucht hatten.

„Lilli," räusperte ich mich stark. „Wir wollen unser Zimmer aufsuchen; ich bin müde."

Sie richtete sich auf und fuhr sich langsam über die Stirn, als kehre sie erst auf meinen Anruf in eine häßliche, schnöde Welt zurück. Dann suchte ihr Auge das des Kapitäns, fest und eintauchend, wie wenn sie ihm auf diese Weise stumm ihren Dank für eine glückliche Stunde aussprechen wolle.

Ich stand daneben und rührte mich nicht. Die

Starrheit, die mich vorhin im Schlitten fast erdrückt hatte, fesselte mir von neuem alle Glieder.

Dann reichten sie einander die Hände und dann — er beugte sich, während er „Gute Nacht" wünschte, um ihre Finger zu küssen.

Großer Gott, laß mich daran nicht mehr denken! Es burchsticht mich etwas, als hätte mir jemand einen von den glühenden Feuerbränden in den Schlund gebohrt. Ich führte eine unwillkürliche Bewegung aus. Denn damals, damals überfielen mich zuerst die wüsten, blutroten Gedanken, die später von meinem Lebensmark zehrten, die hinter mir her lärmten und tobten, bis sich in mir endlich jene Vernichtungsgier entzündet hatte, die mich zuletzt überwältigte.

Wie leicht konnte es jetzt schon geschehen. Er stand so geneigt, so tief gebeugt — ein heftiger Stoß von meinen Händen, und der stolze Mann würde in den riesengroßen, fauchenden Kamin hineintaumeln.

Mir schauderte. Es war das erstemal, daß mich solch eine ungeheuerliche Vorstellung überfiel.

„Komm, Lilli," forderte ich sie barsch auf.

Da gingen wir.

Als sie neben mir die Treppe in die Höhe schritt, hatte ich auch meinen Entschluß gefaßt. Jetzt konnte keine Schonung mehr walten, ich mußte aus diesem Wirrsal heraus.

Der Kellner leitete uns in unser Zimmer, und noch sehe ich mein schönes Weib, wie es sich ermüdet am Tisch niederließ und vor sich hinträumend den Kopf in die Hand stützte. Ein Licht brannte vor ihr, und ich ging in dem kleinen Raume mehrmals unruhig auf und nieder.

Dann hob Lilli ihr Ohr und lauschte.

„Hörst du," begann sie, „nebenan geht Jensen auf und ab. Was für einen festen Tritt er besitzt, nicht wahr?"

Wieder er, nichts als das ewige sehnsuchtsvolle Gedenken an den Fremden.

Diese eine Bemerkung entschied über mein ganzes ferneres Leben. Ich blieb vor ihr stehen und legte ihr langsam die Hand auf die Schulter. Unwillkürlich senkte sie dieselbe, als wenn ihr die Berührung unangenehm wäre.

Zähneknirschend mußte ich auch das erleben. Wir waren also geistig und körperlich bereits getrennt. Sie empfand physischen Widerwillen, wenn ich sie streifte. Das raubte mir den letzten Rest von Würde und Selbstbeherrschung.

„Lilli," hob ich mit heiferer Stimme an, während meine Bruſt von einem kalten Fieberfroſt überflogen wurde. „Wird es nicht Zeit, daß wir einander nun die Wahrheit ſagen, mein Kind? Sprich zu mir ganz offen. Nicht wahr, deine Seele gehört nicht mehr mir, ſondern dem Manne dort drinnen? In deinem Herzen ſind Wünſche wach geworden, welche alle zu dem Fremden drängen. Ich weiß es. Was ſoll nun mit uns geſchehen? Aber ſprich die Wahrheit, du ſiehſt ja, ich bin ganz ruhig."

Noch weiter wollte ich in ſie bringen, da traf mich ihre Hand, und unwillkürlich erſchrak ich vor der Eiseskälte, die ihre Finger ausſtrömten. Im Scheine des flackernden Lichts bemerkte ich, welche totenblaſſe Färbung ihre Züge angenommen hatten. Unnatürlich erweitert ſahen die Augen aus dem entgeiſterten Antlitz zu mir auf. Zuerſt bewegten ſich ihre Lippen nur tonlos, als wäre ihr die Wohltat der Sprache geraubt worden. Dann erhob ſie ſich und preßte mir flehend beide Hände vor die Bruſt, als wollte ſie jedes weitere Wort von mir dort verſchließen.

Kaum verſtändlich war es, was ſie vor ſich hinſtammelte.

„Karl, was ſagſt du? — — Mein Gott, biſt du denn wahnſinnig geworden? — Mir iſt — — durch

231

dich höre und denke ich ja zum erstenmal etwas Ähnliches. — — Wie konntest du nur!" —

Und plötzlich warf sie sich der Länge nach auf die Chaiselongue, so daß ich sie jetzt nur vom Rücken aus sehen konnte, und ihr ganzer Körper bebte und zitterte, wie wenn durch diese jungen Glieder ein Krampf ginge.

Da stand ich und faßte mich an die Stirne.

Wäre es wirklich möglich, daß ich Toller mein weißes, zartes Weib erst jetzt auf die Sünde hingewiesen hätte, die bereits schweigend und riesengroß hinter ihr ragte, nur darauf lauernd, daß sie sich zu ihr kehrte?

Im nächsten Augenblick saß ich an ihrer Seite und versuchte, sie aufzurichten.

Doch sie schüttelte sich widerwillig wie das erstemal. „Geh," rief sie schluchzend, und jetzt klang unverhohlen ein Ton der Abneigung heraus.

„Du sollst mich nicht anrühren — geh," wiederholte sie noch einmal.

Abgewandt von mir blieb sie noch mehrere Minuten liegen, dann schnellte sie plötzlich auf, alles herb und ruckweise, um sich vor das einzige Fenster unserer Stube zu stellen. Dort preßte sie die Stirn gegen die Scheiben und starrte in die düstere Nacht hinaus. Wie lange ich hinter ihr schweigend verharrte, weiß ich nicht mehr, es muß geraume Zeit gewährt haben; sie rührte sich nicht, nur manchmal vernahm ich, wie sie aus tiefster Brust aufstöhnte.

In mir aber stieg es heiß und quälend auf. Es war, als ob alle meine Nerven ein wildes Lied zu singen begännen. Ich hatte ganz deutlich das Gefühl, daß sich meine Gedanken verschoben, daß ich mir nicht mehr klar sei über meine Person und dasjenige, was ich im Moment heraufbeschworen.

„Lilli,“ rief ich plötzlich angstvoll.

Noch immer hoffte ich, sie könnte sich wenden, sie könnte mir lachend und weinend, wie früher, um den Hals fliegen, es könnte sich fügen, daß alles nur ein wirrer, böser Traum gewesen.

Aber sie regte sich nicht. Abgewandt und geschieden von mir brütete die Beleidigte vor sich hin.

War sie wirklich unschuldig? Oder empörte sich ihr Inneres nur deshalb so elementar, weil ich den innersten Kern ihres Wesens enthüllt und ihr damit zugleich ihr entschleiertes, beflecktes Bild gezeigt hatte?

Ich weiß nicht, was mich zwang, noch einmal einen Versuch zu wagen.

„Lilli,“ murmelte ich, während ich verschüchtert und halb betäubt ihr von neuem näher trat. „Lilli, ich bitte dich aus Herzensgrund, sprich die Wahrheit zu mir. Sieh, das, was ich vorhin angedeutet, beschäftigt mich schon seit so langer Zeit. Ich fürchte mich so entsetzlich, daß ich — ja, warum soll ich es nicht gestehen — daß dir mein Äußeres vielleicht zu unbedeutend und unschön erscheint, daß dir die Stille unseres Hauses allmählich drückend geworden ist. — Ist es das, Lilli? — Ich bitte dich flehentlich, geliebtes Kind, sei offen zu mir."

Ich erinnere mich nicht, was ich sonst noch murmelte, bat und flehte. In der Erregung hob ich meine Hände und begann ihre beiden Arme zu umklammern, als wollte ich sie zu mir zurückziehen.

Und nochmals — sie schüttelte sich widerwillig und grausam, wie man eine Raupe von der entblößten Haut abschleudert.

„Geh schon," befahl sie noch einmal, und in ihrer Stimme lag so viel Kälte und Überlegung, daß ich merkte, die innere Entscheidung sei jetzt für sie gefallen.

Es war also geschehen.

Das Beil hatte das rosenrote Band zerschlagen, das meine Phantasie um mich und um das heißbegehrte Weib von Anbeginn gesponnen. Die häßliche Posse von dem kümmerlichen Gelehrten, der eine

234

Göttin erobern und sie hatte zwingen wollen, in seinem düsteren Heim zu hausen, endigte mit schrillem Gelächter.

Wankend schlich ich hinaus.

Am unteren Korridor sah ich noch halb im Taumel den Pelz und die Kleidungsstücke Onkel Holms hängen. Als ich vorüber kam, hörte ich lautes Schnarchen. Da klopfte ich, laut und vernehmlich, bis der Alte endlich verwundert seine Tür für mich öffnete.

„Korling!" rief er verblüfft, und als ich darauf etwas Unzusammenhängendes hervorgestoßen, zog er mich hastig zu sich hinein.

Ja, die Farce neigte sich ihrem Ende zu — noch nicht völlig, denn die letzten Worte sollten ja blutrot und glänzend in das Buch meines Lebens geschrieben werden.

XV.

Heute früh wurde meine Nachbarin aus der Nebenzelle hinausgetragen; sie ist in der Nacht unver-
merkt hinübergeschlummert.

Merkwürdig, welche Stille jetzt nebenan waltet! Ich
hatte mich schon so an ihre Lieder und Possen gewöhnt.

Jetzt klappern dort die Holzschuhe der Wärterin-
nen auf dem Estrich; es wird gescheuert, man öffnet
die Fenster, die letzten Spuren dieser Wesenheit werden mit scharfen Essenzen von den Wänden gewaschen.

Gern hätte ich von ihr Abschied genommen. Nun
hat sie sich so rasch in die unendliche Weltenseele
verflüchtigt.

„Fahr hin", du kleiner, tückischer Unhold, der du
mir im Laufe der Jahre lieb geworden. Wer wird
mir jetzt deine neckischen Lieder singen? Und wie lange
werde ich selbst noch in meinem Käfig hausen? —
Wer weiß?

*

Wir fuhren mit der Bahn von Putbus heim.
Rührend waren die unbeholfenen Versuche Onkel
Holms, das eisige Schweigen, welches zwischen mir und

meinem Weibe herrschte, durch seine harmlosen Scherze zu unterbrechen, denn die Nacht, die ich einsam und ohne Erklärung bei ihm zugebracht, redete für den Alten eine verständliche Sprache und ließ ihn augenscheinlich für meine Ruhe das ärgste befürchten.

Allein auf nichts reagierte Lilli. Blaß und schweigend blickte sie aus dem Fenster auf die vorbeifliegende Landschaft und richtete nur zuweilen ein Wort an den ihr gegenübersitzenden Kapitän Jensen, der ahnungslos die Unterhaltung fortzuführen trachtete.

Binnen kurzem langten wir in unserer Heimatstadt an. Gottlob! Jetzt konnten wir uns trennen.

Hastig verabschiedete ich mich von den beiden anderen und eilte, so übernächtig ich mich auch fühlte, sofort in die Universität, um das angekündigte Kolleg nicht zu versäumen.

Getreulich begleitete mich Onkel Holm, der seinen gewaltigen, pelzbedeckten Arm schwerfällig unter den meinen geschoben hatte.

„Jünging,“ sagte er plötzlich, und ich hörte die innere mitfühlende Herzensangst förmlich aus ihm heraus, „du hast ihr doch nich etwa Vorwürfe gemacht? — Behüte, Korling, dat wär’ ja dat dümmste, wat du tun könntest. Nur kein Wort mehr davon reden. Folg’ mir, min Jung’, kein Wort mehr, hörst du?

Die menschliche Kreatur vergißt ja so leicht. Un den hergelaufenen Kerl wird ja nu woll auch bald mit Gotts Hilfe der Deuwel holen, wenn nich anners, an'n Nordpol. — Nur sei vernünftig, Korling, und halt' keine Reden. Versprich mir dat, min Jünging, ja?"

Er hielt mir seine breite Tatze entgegen, und ich, dem jede Erinnerung an das Vorgefallene weh tat, der ich immerfort nur in den Bildern der verflossenen Nacht lebte, immer nur jene entsetzlichen Bewegungen des Ekels und des Überdrusses meines Weibes vor Augen hatte, ich schlug in der Sehnsucht, mich von ihm zu trennen, in seine dargebotene Rechte und brachte überstürzt hervor:

„Ja, ja, Onkel — alles will ich tun — glaub' mir — die ganze Sache ist unbedeutend und erledigt. — Nein, nein, laß mich, du siehst ja, ich habe keine Zeit mehr. — Adieu."

„Na, denn mach's gut," knurrte Onkel Holm, obgleich ich mich bereits losriß. Und während ich mich schon weit in dem inneren Hof der Universität befand, stand der alte Mann in seinen gewaltigen Stiefeln und mit dem zottigen Schafpelz noch lange vor dem Tor, schüttelte das Haupt und spuckte bekümmert vor sich hin.

Mit Aufbietung aller Kräfte hatte ich meinen Hörern vorgetragen. Wieder beschäftigte mich dabei einzig der Gedanke: Was soll nun werden? Würde Lilli von mir gehen? Und warum hatte ich sie jetzt allein gelassen? Ich bot ihr ja förmlich die Gelegenheit, mit dem Fremden ungestört zu bleiben.

Deutlich empfand ich, daß ich meinen Zuhörern wirres, krauses Zeug vortrug, unwürdig, von mir gelehrt — überflüssig, von ihnen gehört zu werden.

Noch einmal erschrak ich darüber. Was war aus mir geworden? Wie tief war ich gesunken, daß ich mich so an dem Geist meiner Kunst und meiner Wissenschaft versündigte? Aber der nächste Augenblick raubte mir wieder die klare Besinnung, wischte alles fort.

Nur mein Weib schwebte mir vor, mein Weib und der andere — der Eindringling, auf dessen gefährliche Vorzüge ich sie selbst in der verhängnisvollen Nacht aufmerksam gemacht, zu dem ich sie vielleicht erst jetzt mit betörter Hand gestoßen.

Mein Gott, mir war es, als sollte mein Hirn zerspringen, als liefe eine brennende Flüssigkeit in meinem Kopf in ewigen Kreisen herum.

Lange würde ich das nicht ertragen können — und doch, wie angenehm war es, an meine Auflösung zu denken.

So hatte ja auch mein Vater geendigt.

Ich schritt nach Hause. Schon von ferne sah ich das liebe Gesicht meiner Mutter mir aus dem doppelseitigen Spionen-Spiegel entgegenwinken, der vor ihrem Fenster angebracht war, um bequem die Straße hinabspähen zu können. Trotz des heftigen Schneefalles öffnete die kleine Frau hastig das Fenster, um mich zu sich heraufzurufen.

Was war geschehen? Hatte Lilli vielleicht bereits mein Haus verlassen?

Mit wenigen Sprüngen fuhr ich die beiden engen Holztreppen in die Höhe, so daß ich nur mit keuchender Brust vor meine Mutter in das trauliche Zimmer mit den behaglichen roten Mahagonimöbeln hintreten konnte.

Die kleine alte Frau saß noch am Fenster, ihr schmales Gesicht glühte vor Aufregung. Als sie mich eintreten sah, hob sie zitternd die Hände gegen mich in die Höhe.

„Karl — Karl — was is bloß geschehen?"

„Was — denn — Mutter?"

„Mit Lilli — —"

„Sie hat doch nicht — — ihr ist doch nichts zugestoßen?" schrie ich.

Im Moment fürchtete ich nichts so sehr als ihren Tod, den ich später selbst begierig herbeisehnte.

„Nein — nein, aber als ich vorhin bei ihr unten war — da — —“

„Nun?“

„Denk' mal, da hat sie mich nicht zu sich hereingelassen. Sie saß im verschlossenen Zimmer, aber ich hörte sie manchmal laut aufschluchzen.“

Betroffen starrte ich die Sprecherin an.

Da erhob sich die Alte, blieb vor mir stehen und streichelte mir leicht die Wange. „Komm, setz' dich, mein Jünging, hier zu mir aufs Sofa — du bist so lang' nicht bei mir oben gewesen — und nun sag' mir alles, mein Jünging, was ich nicht weiß. Alles, ja?“

Sie streichelte mir die Hände und redete mit ihrer leisen, zitternden Stimme immer dringender auf mich ein.

„Sei doch nicht dumm, Karl, du wirst doch vor mir keine Geheimnisse haben wollen, nicht wahr, mein Sohn? Ich habe weiter nichts als dich, du bist doch das Einzige, was mir auf der Welt übrig geblieben ist. Sieh, und dann leb' ich auch in deinem Haus und seh' und hör' alles. Und wer dir etwas antut, der beleidigt mich doch zehnmal mehr. Aber nun sag' mir auch, mein Jünging, nun sag' auch, was dich bedrückt. — — Nun, also — Karling — komm.“

Bei ihren Worten hatte sie mich immer näher zu sich gezogen, so daß jetzt mein Haupt fast an ihrer Brust ruhte.

Ich war wieder der kleine, zarte Karl, das kranke, hilflose Kind, das wie eine Treibhauspflanze in künstlicher Temperatur von dieser zitternden, gutherzigen Frau aufgezogen war.

Warum hatte sie nur den kümmerlichen Keim, der so lebensunfähig war, nicht rechtzeitig verderben lassen, warum?

„Nun also — sag' mir, Jüngling!"

„Weil — — weil — —"

Es kam wirklich ein Teil der alten Stimmung über mich, ein Rest jener Kinderjahre, wo ich alles, was mich erregte, bedingungslos der kleinen, weißhaarigen Frau anvertrauen mußte, und als ich fühlte, daß die Wangen der alten Frau sich näßten, da konnte ich meinen Jammer nicht länger in mir verschließen. Ich barg meinen Kopf in beide Hände und stöhnte laut auf:

„Mutter — Lilli — hat — keine Neigung mehr zu mir."

„Was?"

„Sie verachtet mich."

„Gott im Himmel — — nein, nein." Dann

242

schob sie mich von sich und richtete mir gewaltsam das Haupt in die Höhe.

„Du," haftete sie, während ihre Brust mit dem Atem rang, „das bildest du dir nur ein, ganz gewiß. Wie kann man dich nicht mehr lieb haben, denke doch, Karl, wo dir alle Menschen so gut sind; i wo — das wär' ja zum Lachen. Du bist doch mein geliebtes, einziges Kind. Nicht wahr? — Sag', wie kommst du bloß darauf?"

Aber ich antwortete nichts mehr, sondern brütete stöhnend vor mich hin.

Immer haftiger wurde die Alte, immer zärtlicher. Ich fühlte, wie ihr schwacher Körper neben mir zitterte.

„Karl," kam es schonend von ihren Lippen, „du meinst doch nicht etwa wegen — Jensen?"

Ich ließ meine Hände sinken und starrte sie einen Moment an.

Da begriff die kluge Alte.

Bebend erhob sie sich und durchmaß planlos und händeringend das kleine Zimmer.

„Mein Gott — mein Gott —" stotterte sie, und die Runzeln in ihrem Antlitz vertieften sich und fuhren förmlich durcheinander, „das is woll nich möglich — Lilli is doch so brav — so brav. Aber dahinter muß ich kommen. Natürlich. Ich werd' mein Kind nich unglücklich machen lassen. J, wo denn — Karl, min Jünging, jetzt ißt du hier — du wirst auch woll mal bei deine Mutter essen können? — Und nach Tisch, ja nach Tisch geh' ich runter. Und nun nimm die Hände von den Augen. Du, Karl, das sollst du nich, das kann ich nich sehen."

Sie lief hinaus, um das Dienstmädchen hereinzurufen, und inzwischen hatte ich mich notdürftig gefaßt. Meine Mutter plauderte immerfort, während sie wegen allerlei häuslicher Verrichtungen hin und her lief, ohne mich aus dem Auge zu lassen. Beständig suchte sie meine Aufmerksamkeit abzulenken.

„Sieh mal, die feinen großen Servietten. Weißt du noch? — Die hat Vater mal aus Marseille mitgebracht. — Und hier den silbernen Ring dazu — er is schon 'n bißchen verbogen, du hast mal reingebissen — ja, ja, den hat dir Onkel Holm als Patengeschenk verehrt — un 'n goldenes Louisdorstück dazu. Das hab' ich auch noch."

Sie streichelte mir wieder über das Haar. „Und nu komm, Karling — — Kalbsbraten — so haben wir schon lang' nicht mehr gesessen."

* *
*

Am Nachmittag verließ mich meine Mutter und suchte, wie sie vorhin angedeutet, meine Frau auf.

Ich blieb allein.

Es können nur wenige Minuten gewesen sein, aber die Zeit dehnte sich mir, wie allen Wartenden, zur Ewigkeit.

Denn ich war so schwächlich, daß ich tatsächlich noch immer darauf hoffte, ja, sehnsüchtig annahm, daß eine Änderung eintreten, daß alles dies nur ein vorübergehender Zustand sein könnte.

In der Ecke tickte die große altertümliche Standuhr, mein Blick verfing sich auf den bunten Heiligenbildern des metallenen Zifferblattes, die schon in meiner Kindheit von mir mit Erstaunen betrachtet worden waren; allein nichts wollte mich ablenken.

Immer wieder mußte ich lauschen, ob die alte Frau nicht bald von unten zurückkehren würde.

Und welche Botschaft würde sie bringen?

O, wie beschämend war es für mich, daß ich überhaupt einer Vermittlung zwischen mir und meinem Weibe bedurfte.

Endlich kam die Alte.

Um ihren Mund spielte ein seltsam verlegener Zug, als sie mich mit unsicherem Blicke maß.

„Mutter, hast du sie gesprochen?“ stammelte ich.

Und da brachte die Greisin stockend und befangen hervor, daß sie von Lilli empfangen worden sei und sie diesmal auch ganz ruhig getroffen habe.

Allerdings, eine Antwort auf die vielfachen Fragen meiner Mutter hätte sie nicht gegeben. Nur die Hand der Besorgten habe sie fast krampfhaft gedrückt und nach längerer Überlegung gesagt, die Mutter möge ganz ruhig sein. Sie würde ihrem Mann, den sie bald erwarte, eine Erklärung geben.

„Eine Erklärung?" sprach ich verständnislos nach.

„Ja, Karl," sagte meine Mutter, „das war alles. Und nun geh, mein Sohn, und sprich dich mit ihr aus."

Und während sie mir leicht über den Ärmel strich, sprach sie mit abgewandtem Gesicht halb vor sich hin: „Dergleichen kommt ja in jeder Ehe vor. Man muß nichts auf die Spitze treiben, mein Jünging. Geh nur, es wird gewiß alles wieder gut. — Geh nur."

XVI.

Die Dämmerung hatte bereits eingesetzt, als ich durch das große Staatszimmer schritt und mich in meiner Studierstube verlor.

Befangen und scheu, als ob ich nicht hierher gehörte, war ich auf den Zehen durch meine eigene Wohnung geschlichen.

Wenn ich an eine Begegnung mit Lilli dachte, klopfte mir das Herz, wie es wohl einem Verfallenen schlagen mag, der von seinem Richter das Verdammungsurteil erwartet.

Denn ich war von ihr verworfen. Das wußte ich.

Ohne klare Empfindung entzündete ich die Kupferlampe und ließ mich an meinem Schreibtisch nieder, als gedächte ich zu arbeiten.

Der große Foliant des alten Mönches aus dem Cisterzienser-Kloster lag noch unberührt auf der Platte.

Seit Tagen war die hoffnungsvoll begonnene Arbeit nicht fortgeschritten.

Mechanisch blätterte ich in den Pergamenten herum; dann lauschte ich wieder, ob nun nicht bald Lillis leichter Schritt auftönen würde.

Es raschelte am Türbehang, und ich zuckte zu-

247

sammen. Jedoch, es war nur Professor Wackermann, dessen Läuten ich wohl überhört haben mußte.

Einsilbig begrüßte ich ihn, und so ungerecht dachte ich bereits, daß ich fast widerwillig die Frage bei mir erwog: Muß dich denn dieser alte Bücherhocker gerade zur ungelegensten Zeit stören? Was interessiert dich eigentlich dieser verschrumpfte Phantast? Und was geht dich im Grunde die überlebte Handschrift des Cisterzienser-Mönches an, der vielleicht auch nur in seiner freudeleeren Zelle aus Überdruß und Langeweile geschrieben? — —

Der Professor mußte mir meine Stimmung anmerken, denn er befragte mich ziemlich verschlossen, ob wir nun in unserer Arbeit fortfahren wollten.

Schweigend reichte ich ihm einige Übertragungen, die ich in der letzten Zeit allein und ohne seine Hilfe gefertigt.

Der Alte rückte sich seine blaue Brille zurecht, und während ich konfus und aufgeregt jedes Geräusch, das sich hinter der Portiere erhob, mit schmerzendem Ohr aufzufangen versuchte, überflog er die von mir verdeutschten Reime.

Kam Lilli denn noch immer nicht?

Wie konnte ich diesen alten Mann nur entfernen, der scheinbar weder das geringste Gefühl noch das min-

248

beste Verständnis für den stechenden Jammer besaß, der mich innerlich zerstörte? —

Kam Lilli denn noch immer nicht?

Noch immer nicht? — Noch immer nicht? —

So entging mir, wie Wackermann mehrmals von seinem Blatt aufsah und bedenklich das Haupt schüttelte.

Endlich legte er das Manuskript leise auf den Tisch, seine ganze Gestalt sank zusammen, und während sein ehrwürdiges Haupt mit den grauen Haaren beinahe die grüne Tischplatte berührte, brachte er schonend und doch mit gutmütigem Vorwurf hervor:

„Karl, nimmst du mir es auch nicht übel?"

Ich war so ungeduldig.

„Was denn?" rief ich scharf.

„Weißt du, die Gedichte hier kannst du in dieser Form nicht bestehen lassen. Du mußt sie noch einmal durchsehen."

„Warum denn?" rief ich starr.

Der Alte blickte mich von unten herauf an, und in seinem Blick lag beinahe etwas Trauervolles, schwer Bekümmertes.

„Karl, ich weiß nicht, aber das alles ist so matt, so gar nicht, wie du früher schriebst. Junge, ich glaube, du solltest dich jetzt überhaupt einige Zeit von der Ar=

beit zurückziehen, denn ein solcher Rückschritt darf sich bei dir doch in deiner Jugend nicht einstellen. Verstehst du?"

„Rückschritt?" murmelte ich sprachlos, und im Moment begann mir das Herz laut zu pochen.

Auch das noch? Rächte sich bereits die Gleichgültigkeit, die ich den tiefsten Bedingungen meines Lebens seit letzter Zeit entgegengebracht? Wich unter meinen Füßen auch noch die letzte trockene Scholle, auf der ich bisher gestanden?

Plötzlich lachte ich laut auf.

„Karl, was ist dir denn?" rief der alte Herr erschrocken und sprang ängstlich in die Höhe, aber ich hatte in meiner Stimmung kein Bewußtsein davon, daß ich es selbst war, der so schrill gelacht hatte, und starrte deshalb den Professor nur mit erblaßten Wangen an.

„Es ist nichts," bemühte ich mich hervorzustoßen. „Ich war dieser Tage ein wenig indisponiert; — glaube mir, lieber Freund, morgen schicke ich dir neue Gedichte — dann wirst du schon sehen — — sicherlich. — — Du wirst doch nicht glauben" — dabei wies ich auf das eben fortgelegte Blatt — „daß ich mit diesen Dingern schon ausgegeben sei?"

Wackermann schüttelte noch immer das Haupt.

„Nein, Karl," gab er kleinlaut zu, „das glaub'
ich ja auch nicht."

„Du wirst schon sehen," nickte ich in krampfhafter
Erregung weiter. „Ich bin durchaus noch nicht ver-
braucht. Morgen wirst du schon sehen."

Der alte Mann ging einige Male im Zimmer auf
und ab und fuhr wie im Selbstgespräch mit der
Hand über die Büchergestelle der Wand. Dann setzte
er sich wieder neben mich und schlug sanft den großen
Folianten zu, der noch immer geöffnet vor mir lag.
Langsam nahm er ihn vom Tisch und schob ihn sich
unter den Arm.

„Was willst du denn mit dem Buche?" fragte
ich verwundert.

Da nickte er so bestimmt, wie ich den guten Alten
selten gesehen, und reichte mir die Hand zum Abschied.

„Nein, Junge," schloß er ernsthaft, „in den nächsten Tagen sollst du hieran nicht rühren. Dafür bist
du mir doch zu viel wert. Und dazu ist mir auch
unsere Wissenschaft zu heilig. — Verstümpert darf
da nichts werden. — Ich nehme mir den Folianten
mit nach Hause. In einer Woche, Karl, wenn du
wieder so weit bist, sprechen wir, so Gott will,
weiter."

Und ohne auf mein deutlich erkennbares Entsetzen, ohne auf meine bittend ausgestreckten Hände Rücksicht zu nehmen, nickte er mir noch einmal wortlos zu, und ich sah, wie sich auf seine hohe Stirn tiefe Schatten gesenkt hatten, als hätte sich diese edle Seele verdüstert oder als wenn er heftige Schmerzen um etwas Kostbares, Verlorenes empfände.

„Leb' wohl, Karl!" wünschte er mit seiner lieben, klangreichen Stimme.

Er setzte sich den Schlapphut auf, zog an seinem Halstuch und schritt mit dem großen Folianten langsam zur Türe hinaus.

Ich habe ihn nicht mehr wiedergesehen.

Leb' wohl, du lieber alter Träumer! — Dein Karl hat sich an der Wissenschaft, die du heilig nanntest, nicht mehr versündigt.

Ich weiß, du wirst mein Erbe angetreten haben mit schmerzendem Herzen und mit reinem Geiste.

Du bist der milde, gläubige Priester, während ich geschieden bin als Fetischmann, als Gaukler und Verstoßener.

Leb' wohl!

*   *

Ich saß wieder allein.

Durch mein Haupt fuhren beängstigend die spitzfindigen Zweifel, die Professor Wackermann in mir angefacht hatte.

Wenn ich nun wirklich ein Ausgestoßener aus dem heiligen Tempel der Wissenschaft war? Was blieb mir dann noch übrig?

Und wieder irrten meine Gedanken von diesen so ernsthaften Dingen ab und umflatterten gierig das Bild meines Weibes, das nicht nahen wollte.

Hatte Lilli meine Mutter getäuscht?

Sollte dieses Schweigen nun ewig zwischen uns währen?

Aber nein, meine geschärften Ohren vernahmen plötzlich ein Knistern, wie es von Lillis Gewändern auszugehen pflegte, und langsam und schwerfällig wurde die Decke zurückgeschoben.

Da stand sie.

Ich erschrak, wie blaß und verändert dies schöne Geschöpf aussah. Wieder erschien sie mir wie eine wandelnde Marmorstatue.

Sie setzte sich in ihren alten Sessel neben dem Ofen und strich langsam mit ihren Händen über die Kacheln, wie wenn sie friere.

Dann, als sie merkte, wie erwartungsvoll und

bang sie von meinen Blicken umklammert wurde, sprach sie ruhig und klar, ja, geradezu mit einer durchdachten Bestimmtheit.

„Karl, ich habe deiner Mutter gesagt, daß ich dir etwas Bedeutungsvolles mitzuteilen habe."

Sie lehnte sich zurück und sah mich fest an. „Ich habe es mir genau überlegt, ganz klar. Durch dich selbst bin ich darauf hingewiesen worden, und ich habe es nicht gelernt zu lügen. Auch hast du ein Recht, mein innerstes Denken zu erfahren."

„Lilli," rief ich entsetzt und sprang völlig betäubt auf. „Es ist doch nicht wahr? Das Schreckliche kann doch nicht wahr sein? Wie?"

Doch sie senkte die Augen nicht und fuhr fort, mich mit ihren großen, klaren Blicken zu verfolgen. „Ja, es ist wahr," erwiderte sie bestimmt und atmete tief auf. „Ich habe es mir selbst nicht vorstellen können — aber es ist wahr. — Es ist mir, als hättest du mir gestern erst ein Rätsel vollkommen gedeutet, das ich selbst nie gelöst hätte."

„Also ich?" schrie ich schmerzlich.

Doch sie fuhr fort, als hätte ich nicht gesprochen:

„Ja, Karl, ich habe mit mir gerungen — heute — den ganzen Tag über, ich habe mich gewehrt gegen diese Gedanken, als wenn sie eine Krankheit brächten.

Ich habe mir alles Gute und Liebe, was ich für dich fortgesetzt empfinde, ins Gedächtnis zurückgerufen. Aber nichts will fruchten, nichts. Du selbst hast nun einmal das Tor für die bösen Gedanken geöffnet, und sie bringen ungehindert herein. Daran erkenne ich, daß das Kämpfen und Wehren nichts nützt, daß meine innerste Natur ihnen zugänglich ist, ja, sogar nach ihnen ruft."

Sie sprach so ruhig, ich aber brach von den wenigen Worten zusammen, als hätten mich wuchtige Keulenschläge vor den Kopf getroffen.

„Und hier endet also alles zwischen uns?" stöhnte ich qualvoll. „Nun ist alles vorbei?"

„Vorbei?" wiederholte sie und blickte mich mit ihren großen, dunklen Augen an.

„Ja, Karl, das eben wollt' ich dich fragen, und deshalb drängt es mich, dir die Wahrheit zu gestehen. Sieh, mir ist es immerfort, als wenn eine gewaltige, nicht zu betäubende Stimme nach dem fremden Manne, von dem ich doch kaum etwas kenne und weiß, mit aller Gewalt schreit und ruft. Mir scheint es, als hätte ich ihn schon seit unendlicher Zeit gekannt, ja, als wäre ich nie von ihm getrennt gewesen. Ich glaube in solcher Stimmung, er sei ein Teil meines Körpers, den ich gar nicht vermissen kann. Aber so merkwürdig es ist — und darin besteht eben das Jammervolle, das Zwiespältige, was ich empfinde, es ist keine liebevolle und warme Stimme, die mich zu ihm ruft; — mir deucht es immer, sie käme gar nicht aus dem Herzen. Mir scheint es, als wären es nur meine Glieder, die mich immerfort zu ihm ziehen, und das gerade ist es, dieser körperliche Zwang, vor dem mir graut und den ich doch nicht überwinden kann."

„Nein," murmelte ich, während mir Gebrochenem das Unschöne, die Winzigkeit, das Unbedeutende meiner eigenen Person niederschmetternd vor Augen traten. „Das wirst du nicht überwinden, das wird dich gewiß immer mehr bezwingen — o Gott, Lilli. — Warum muß das sein? — Warum?"

„Warum?" Sie zuckte die Achseln. „Das weiß ich nicht, ich weiß nur — und jetzt höre genau zu, Karl — daß mein Gemüt und mein Verstand mir beständig gebieten, ich müsse diese unpassende und gewiß auch unreine Begierde bezwingen! Und ich werde sie bezwingen," sprach sie tiefatmend weiter; „nur, Karl" — und hier verlor ihr Ton etwas von seiner bisherigen Härte — „nur mußt du mich schonen, nicht fragen, nicht quälen und Nachsicht haben mit dem, was dir an mir schwach erscheint. Sieh, es ist ja vielleicht eine Krankheit, mit der ich ringe, und die ihre Zeit haben will. Nicht wahr? Versprichst du mir das?"

Damit erhob sie sich und streckte mir mit einer ihrer schönen Bewegungen die Hand entgegen.

So klar war sie, so stolz, so ganz ohne Scham, so völlig überzeugt, daß es sich nur um eine natürliche Äußerung des Lebens bei ihr handle.

Wahrlich, wie eng und befangen kam ich mir ihr gegenüber vor, wie eingeschachtelt von allerlei Schulbegriffen, wie eingepreßt von unzähligen Morallehren, die ich niemals erprobt.

Zögernd legte ich meine Finger in ihre ausgestreckte Rechte. Meine Seele war zerrissen, meine Willenskraft nicht stark genug, um zu einem klaren Entschluß zu gelangen.

Und doch reichte ich ihr die Hand.

„Wir werden natürlich den Umgang mit Jensen auf das allerdürftigste beschränken," sprach mein Weib mit ihrer unnatürlichen Ruhe und Starrheit weiter. „Er wird dann bald die Veränderung und ihre Ursache bemerken. Auch will ich ihn selbst heute noch einmal sprechen."

„Du — willst — ihn . . . .?"

„Ja, ich will ihn noch einmal sehen," beharrte sie fest.

Und während sie näher auf mich zutrat und mir beinahe liebevoll beide Hände auf die Schultern legte, schloß sie mit leicht zitternder Stimme:

„Jetzt weißt du alles, Karl. Nicht wahr, du wirst es uns beiden nicht schwer machen? Du besitzt ja eine so zarte, mitfühlende Seele, wie sie kaum einem anderen Mann eigen ist und wie ich sie gewiß nicht entbehren könnte."

„Und doch? — — und dennoch, Lilli?" schluchzte ich plötzlich laut auf.

Sie zog die Hände von mir zurück.

„Jetzt laß das," endigte sie wieder klar und bestimmt, und während ich stöhnend an meinem Schreibtisch zusammensank, rauschte der Türbehang, und mein Weib weilte nicht mehr bei mir.

XVII.

Zwei Stunden später lief ich durch die dunklen Straßen. Der Abend hatte sich bereits auf die Stadt gesenkt; es war Tauwetter eingetreten; naßkalte Nebel waren vom Meer hereingekrochen und wallten durch die trübe erleuchteten Gassen.

Ich sah und empfand davon kaum etwas.

Der einzige treibende Wunsch, der heiß und übermächtig in meiner Brust siedete, bestand darin, mit dem fremden Mann endlich abzurechnen.

Ja, das war es. Ich mußte wissen und erfahren, wie es um mich, um meinen Namen, um mein Haus und meine Ehre stand.

Lilli hatte so kühl und kalt gesprochen, ohne auch nur den Verdacht aufkommen lassen zu wollen, daß das Verderben sie bereits in seine Arme gezogen, daß die Sünde schon über sie mächtig geworden sei.

Es wären alles Gedankensünden gewesen, Torheit des Herzens, gierige Wünsche. So wenigstens glaubte ich sie verstanden zu haben.

Aber wenn ich mich täuschte? Wenn dieses weiße Götterbild dennoch bereits angemürbt war, zerfressen unter der ätzenden Säure des Bösen?

Mein Gott, mir stockte die Luft, quälend drangen die schwarzen Nebel in meine Lunge, bis ich zu ersticken glaubte.

Nein, ich mußte ihn sprechen.

Es bestand ja schon eine qualvolle Ergötzung für mich darin, den Feind, der mir meinen rosigen Schatz gestohlen, zu sehen und mich an seiner Verlegenheit zu weiden.

Immer eifriger durchmaß ich die Straßen. Einmal war es mir, als wenn ich die untersetzte Gestalt Onkel Holms an mir vorüberhumpeln sähe, ich glaubte sogar einen Anruf zu vernehmen, jedoch ich schlug mir den Mantelkragen noch weiter in die Höhe und eilte wortlos vorüber.

Bald fand ich mich vor dem Steinbeckertore, da wo die Häuser niedriger werden und immer mehr kleinen Fischer= und Bauernbaracken ähneln. Hier wohnte Jensen.

Es war ein kleines, niedriges Haus, dessen schindelgedecktes Dach nicht weit über Manneshöhe vom Erdboden entfernt ragte. Die grünen Fensterläden waren bereits geschlossen, nur aus den herzförmigen Ausschnitten drang trauliches, gelbes Licht heraus.

Als sich die bohlenbeschlagene Tür öffnete, ließ zuvörderst eine matte Klingel ihr Geläut ertönen. Dann schritt ich über einen ziegelsteingepflasterten Hausflur und klopfte endlich an die niedrige Tür, hinter welcher Jensen wohnte.

Keine Antwort.

Heftige Angst beschlich mich, er könnte nicht zu Hause sein.

Noch einmal pochte ich, dann öffnete ich vorsichtig und trat befangen in die kleine, schmale Stube, die durch eine einfache Stehlampe gemütlich erleuchtet war.

Während ich mich in der einsamen Wohnung umblickte, erschien mit klappernden Holzpantoffeln eine starke, untersetzte Frau, der anzumerken war, daß sie soeben das Häuschen gereinigt haben mußte.

„Willen Sei tau unsen Kaptein?" forschte sie und stemmte beide Arme in die Seiten.

Ich bejahte.

„Hei is nich vor. Awerst hei möt glick taurückkamen."

„Dann werde ich warten."

„Na gaut, bat dauhn S' man."

Damit klapperte sie wieder hinaus.

Ermüdet ließ ich mich auf dem einfachen grünen Sofa nieder, auf dem ein paar gehäkelte weiße Deckchen prangten, und betrachtete mit schwachem Interesse den anspruchslosen Hausrat meines Gegners. Auf dem

Tisch vor mir lagen allerlei nautische Instrumente: Kompaß, Wärmemesser, ein Fernglas und ein paar große Mikroskope für die Pflanzenbeobachtung. Mit Neid erkannte ich, wie weit die Interessen dieses Mannes gingen.

In der Ecke des Zimmers, nahe am Fenster, befand sich ein Klavier mit aufgeschlagenen Noten. Ich wußte, daß Jensen ein tiefer und leidenschaftlicher Verehrer der Musik sei.

Jedoch meine schlimmen Gedanken ließen mich nicht lange bei solchen Vorstellungen verweilen.

Wo mochte Jensen sich jetzt befinden? Vielleicht weilte er im Augenblick gerade bei ihr, gerade jetzt, wo ich, wie zum Hohn, in seiner verlassenen Stube saß, um auf den Räuber meines Glückes zu warten.

Draußen stäubte das Unwetter heftiger an die hölzernen Läden. Auf dem Dach des Hauses begann es zu raunen und zu pfeifen, ein heftiger Luftzug fuhr aus dem Ofen.

Ob ich nicht doch wieder aufbrechen sollte?

Da knirschten schwere Schritte über die Fliesen, auf den Türklopfer schlug eine energische Hand, und tief in seinen blauen Seemannsmantel gehüllt, die goldbetreßte Mütze auf dem Kopf, erschien die hohe Gestalt meines Wirtes in dem Türrahmen.

Er mußte sich bücken, als er hereinschritt.

„Ah?" stieß er überrascht hervor. „Herr Professor, Sie?"

In seinen ehrlichen Zügen begann eine mächtige Verlegenheit zu arbeiten. Mir fiel es auf, wie müde, farblos und schlaff das sonst so lebensfrische Gesicht des Mannes heute aussah.

Mein unerwarteter Besuch schien ihm vollends seine ganze sichere Männlichkeit zu rauben und ihn von vornherein mir gegenüber in Nachteil zu versetzen.

Schweigend entledigte er sich seines Mantels, schloß einen Schrank auf und setzte Gläser und eine Flasche Wein vor mir nieder. Dann trug er ein Bündel ausländischer, schwerer Zigarren herzu, zündete sich selbst eine an und blieb mit verzogener Stirn und gesenkten Augen an dem Tische stehen, als suche er nach einem Anfang.

Nun galt es.

Ich durfte ihn keine Minute zur Besinnung kommen lassen, durch Überraschung gedachte ich zu wirken. Auf den Kopf wollte ich ihm seine unselige Neigung zu meinem Weibe zusagen.

Allein es kam anders.

Er blies ein paar schwere Dampfwolken von sich, atmete tief auf, so daß es beinahe wie ein Seufzer klang, und schlug plötzlich seine grauen Augen klar und durchdringend gegen mich auf.

„Herr Professor," begann er mit sichtlicher Überwindung, während ich vor Überraschung und Erstaunen zu zittern begann, „ich komme soeben von Ihrer Frau."

„Woher?" flüsterte ich.

Die Offenheit war unfaßlich, sie zerschlug und zerschmetterte alle Pläne, die ich bis jetzt so schlau ersonnen.

„Ja, ich komme eben von ihr," wiederholte er und starrte wieder unbeweglich vor sich auf den Tisch nieder.

Da raffte ich mich auf. „Suchten Sie mich in meinem Hause?" würgte ich heiser hervor, indem ich das Wort „mich" stark betonte.

„Nein."

„Wen sonst?"

„Ich nahm von Lilli — — von Ihrer Frau Abschied."

„Von Lilli?"

Er schwieg und sah unausgesetzt vor sich auf die rote Decke des Tisches nieder.

„Abschied nahmen Sie?" wiederholte ich halb bewußtlos.

264

„Ja."

Er benahm sich so einsilbig, als müßte er sich jedes Wort von der Seele reißen, als täte ihm alles körperlich weh. Seine gesenkte Stirn verdüsterte und verzog sich immer mehr. Der Mann schien sichtlich zu leiden.

Eine geraume Weile blieb es still zwischen uns. Man hörte nur das Anschlagen des Regens und von draußen das laute Heulen einer Dampfpfeife, das vom Hafen hereinschallte.

Dann reichte mir Jensen langsam die Hand und ließ sie nach einiger Zeit wieder sinken, als er wahrnahm, daß ich diesen Gruß nicht bemerken wollte.

„Auch von Ihnen möchte ich mich jetzt verabschieden, Herr Professor," sagte er, sich mit aller Macht zur Ruhe zwingend, „denn ich reise bereits in drei Tagen."

Da schoß mir etwas durch den Kopf.

„Ihre Expedition, Herr Kapitän," lächelte ich plötzlich mit wildem Behagen, „tritt ihre Fahrt, soviel ich weiß, doch erst in zwei Monaten an; — da haben Sie wohl den Entschluß zu Ihrer eiligen Abreise ganz plötzlich gefaßt?"

Er nickte. „Ja."

„Heute erst?"

„Ja, Herr Professor."

„So? Und wir beide werden uns demnach nicht mehr wiedersehen?"

„Mit Gottes Hilfe nicht."

Er war ganz offen.

Dieser großen Wahrhaftigkeit gegenüber verließ mich der Mut, noch mehr zu fragen. Was wollte ich auch noch hören? Es lag ja alles so deutlich vor mir, als hätte mir dieser wortkarge Mann ein umfassendes Geständnis abgelegt.

Lesbar fast stand auf seiner Stirn geschrieben: „Es treibt mich von dannen, weil die Sünde bereits mit schwarzen Flügeln über mir ist und weil sie mich in kürzester Zeit in ihren Klauen halten wird, wenn ich nicht ungesäumt vor ihr fliehe."

Deshalb also die plötzliche Reise.

Noch einmal hob ich meinen Blick zu ihm auf, noch einmal prägte ich mir diese große, muskulöse Gestalt, die noch immer mit gesenktem Haupt am Tische stand, ein, so fest, daß sie mir unauslöschlich im Gedächtnis haften geblieben ist, daß sie mich auch jetzt noch verfolgt, da ich dies schreibe.

Dann richtete ich mich auf und schritt, ohne ihm einen Gruß, noch ein Wort des Abschieds gegönnt zu haben, schnell aus seinem Zimmer heraus.

Auf dem Flur verharrte ich noch eine Weile und lauschte zurück, aber soviel ich auch mein Gehör anstrengte, es blieb in dem kleinen Zimmer alles still. Der Kapitän schien noch regungslos am Tische zu verweilen, wie wenn er sich von den düsteren Gedanken, die ihn dort umfingen, nicht mehr losreißen wollte.

*
*

„Jensen war bei mir, kaum daß du die Wohnung verlassen hattest."

Es war das erste Wort, das Lilli an mich richtete, als ich zur Abendstunde durchnäßt zu ihr ins Speisezimmer trat, wo sie am gedeckten Tisch meiner wartete.

Wir beide waren allein, meine Mutter gedachte, uns diesen Tag nicht zu stören, sondern uns Zeit zur Versöhnung zu lassen, die, wie sie meinte, zwischen uns bereits angebahnt war.

„Ich weiß, daß er dich besuchte," erwiderte ich, während ich mich äußerlich ruhig am Tische niederließ. — O, wie mir dieser Zwang die letzten Kräfte raubte, die in meinem zermalmten Körper noch flüssig waren. — „Ich habe ihn ebenfalls gesprochen."

Sie schrak auf. „Du, Karl?" forschte sie.

„Ja, ich sprach ihn, als er von dir zurückkehrte."

„Und du weißt nun also auch, daß er uns binnen drei Tagen verläßt?" fuhr sie weniger sicher fort, und ich sah, wie über ihr blasses Antlitz ein Zug wie von verhaltenen Schmerzen lief.

„Ja, Lilli," entgegnete ich, an mich haltend, „das alles entdeckte er mir."

Ein paar Minuten sprachen wir nicht miteinander.

Mit gesenkten Wimpern schien sie zu überlegen, dann reichte sie mir plötzlich die Hand über den Tisch herüber, und während ich diese mit blutendem Herzen und doch begierig ergriff, fragte sie mich: „Bist du nun zufrieden, Karl?"

„Ich wollte ein ‚Ja‘ hervorstammeln, allein ich vermochte es nicht. Und so trübe und zerrissen mußte der Ausdruck meiner Augen sein, soviel Jammer sich in meinem ganzen Wesen ausprägen, daß es selbst meinem kämpfenden Weibe auffiel und sie mich mit leis vibrierender Stimme befragte:

„Karl, wünschst du sonst noch etwas zu erfahren? Du weißt doch, daß ich dir nichts verhehle."

„Ja, Lilli," flüsterte ich unvermittelt zu ihr hinüber und küßte plötzlich heiß und dringend diese kleinen Finger, die noch in meiner Hand ruhten, obwohl ich merkte, wie schmerzlich sie dabei zusammenzuckte. „Ich bitte dich, würdest du mir noch anvertrauen, wie du von Jensen geschieden bist? Du mußt es mir doch nachfühlen, daß mich das peinigt und mich nicht zur Ruh' kommen läßt."

Da entzog sie mir ihre Rechte und stützte den Kopf in beide Hände, als wenn sie das Seltsame und Widersprechende nicht mehr länger ertragen könnte.

„Auch das sollst du erfahren," hob sie verstört an. „Ich habe ihm alles offen gesagt und ihn gebeten zu gehen, bevor es zu spät sei."

„Das hast du getan?" schrie ich. „Nun, und er? — und er, Lilli? Jetzt sag' mir die Wahrheit."

Sie lächelte trübe. „Er hat fast nichts gesprochen. Er hat nur leise zu meinen Worten Zustimmung genickt, als ob ich etwas ganz Selbstverständliches forderte, und dann —"

„Nun — und dann?" zitterte ich am ganzen Leibe.

„Dann" — ein jähes Erröten flog über ihre Wangen, sie senkte den Kopf tiefer und sprach das folgende so leise vor sich nieder, als wünschte sie selbst, ihre Worte möchten ungehört verhallen und verflattern.

„Dann zog er mich an sich, ohne Gewalt, ganz ruhig, und küßte mich, ohne jede Erregung, so still, so ernsthaft, als wäre dies nicht die erste Liebkosung, die er sich je erlaubt. Kurz darauf schritt er mit einem starken Händedruck grußlos zur Tür hinaus."

Sie schwieg.

Auch ich sprach kein Wort mehr, ich erhob mich nur mechanisch und schwerfällig und legte mir klammerfest die Hand vor die Stirn.

Nein, nein, es war keine Täuschung; diese letzte Eröffnung, dieses entsetzliche Bild von dem Weibe, das in seinem Arme lag, diese letzte Szene, die mit so leuchtenden, bunten, glutenden Farben vor mir hin und her spielte — das alles versengte mit seinen glitzernden Lichtern sicherlich mein Hirn.

Es zuckte und stürmte unter meinen Haaren etwas, was ich nicht mehr bezwingen konnte, ganz deutlich fühlte ich, daß ich in diesem Augenblicke nicht mehr Herr meiner Gedanken sei.

XVIII.

Am nächsten Tage ließ ich mein Kolleg abbestellen. Ich war krank, wirklich krank und lag fiebernd und fröstelnd auf der Chaiselongue meiner kleinen Stube und versuchte durch Lektüre meine wüsten Gedanken abzulenken.

Nein, nur nicht an diesen entsetzlichen Vorstellungen kleben bleiben, an denen ich mich verfing, wie die summende Fliege am Leimstock, nicht immerfort darüber nachgrübeln über diesen einen, in tausend Farben spielenden Vorgang, wie sie in seinen Armen gelegen und von ihm geküßt wurde — heiß, bringend und unlöslich, wie sie gewiß noch nie geküßt worden war.

Fort, fort! — Was plagt ihr mich, ihr stechenden, tückischen Einfälle? Weshalb laßt ihr mich nicht in Frieden? — Nur Ruhe will ich haben und Ablenkung.

Immer neue Bücher reiße ich aus den Gestellen und türme sie vor mir auf, ganz planlos, wie sie mir eben in die Hand fallen.

Indessen alle Teufel des Argwohns sind gegen mich verschworen, um mich zu hetzen und mit glühenden Zangen zu kneifen. Weshalb spielt mir sonst ein hämischer Kobold gerade das Buch von Tristan und

Isolde in die Hände, jenen unvergleichlichen Liebes-
sang Meister Gottfriebs von Straßburg, der zugleich
auch das bitterste Hohnlied für betrogene und allzu
geduldige Gatten abgibt?

Meine aufgescheuchten Sinne erinnern sich natürlich auf das schärffte gerade, an jene Stelle, die ich
auf mich selbst beziehen kann. Mit zitternden Händen schlage ich nach. Wo standen doch die beißenden
Reime, welche den argwöhnischen, eifersüchtigen und
doch stets betrogenen König Marke in seiner ganzen
Glorie zeigen?

Richtig, hier habe ich sie, und mit Wolluft schlürfe
ich das fressende Gift in mich hinein.

Da steht's:

> „Der König fragt mit argem Sinn:
> Wo schläft sie wohl, die Königin?
> Sie wiesen ihn zum Garten hin.
> Da ging er von den Frauen,
> Sein Herzeleid zu schauen:
> Da lag sein Neffe und sein Weib,
> Eines an des andern Leib
> Festgeschmiegt in süßem Bund,
> Wang' an Wange, Mund an Mund.
> An ihrem obern Ende
> Die Arme und die Hände,
> Bruft und Schulter, was er sah,
> Das alles hatte sich so nah
> Gedrungen und geschlossen;
> Und wär' ein Werk gegossen

272

Von Erz, von Golde fest und dicht,
Fürwahr, es könnte schöner nicht
Sich eins zum andern fügen.
So schlief in vollen Zügen
Tief und süß das holde Paar;
Weiß nicht, wovon es müde war.
— — Jetzt, als der König Marke da
Sein Unheil offen vor sich sah,
Da war, was er so oft begehrt,
Von Grund ihm alles nun gewährt,
Jetzt war er aus der Zweifelsnot,
Er sah vor sich lebend'gen Tod."

Ja, das war ich, auch an mir fraß der lebendige
Tod und schlich mir immer näher zum Herzen. Zwar
fühlte ich, daß ich nicht so gelassen wie der englische
König auf das umschlungene Paar niederschauen könnte.
Nein, in mir regte sich etwas anderes. Unbeobachtet
war es groß gewachsen und drängte und stieß jetzt zur
Oberfläche. Gewiß, ich mußte mich wehren, Rache
nehmen. Auch das Fieber, das in meinen Adern kreiste,
ließ mir keine Ruhe mehr und keine Rast zur ver=
nünftigen Überlegung.

Unaufhörlich wisperte eine Stimme in meinem Hirn,
höhnisch und giftig: „König Marke! — König Marke!
Woher weißt du, daß du nicht längst betrogen bist?
Daß nicht alles Lug und Trug ist, um dich vollstän=
dig sicher zu machen? Wer gibt dir die Gewähr, daß
diese grandiose Offenheit der beiden, vor welcher du

soviel Ehrfurcht bezeigt haft, daß sie nicht gerade die feinste Schlinge ist, in die du dich täppisch hinein- gezogen? Sei wachsam, König Marke! Drei Tage bleibt er noch. Was kann in diesen drei Tagen nicht alles vorfallen? Wieviel Liebe kann in diesen drei Tagen nicht ausgekostet werden? Denn dem Tag folgt die Nacht, die verschwiegene Nacht, die Magd und die Kupplerin aller Liebenden. Und du, König Marke, bist ja ausgesperrt von solchen Freuden — aus Zartsinn weilst du ja von deinem Weibe entfernt. Munter, munter, schlauer König Marke, in drei Tagen kann womöglich deiner Krone ein Erbe werden. — Heissa!"

Nein, das ertrug ich nicht länger. Mit der Glut des Fiebers schleuderte ich den Tristansang in die Ecke. In demselben Augenblick öffnete sich die Tür, und herein traten meine Mutter und Lilli, welche den ganzen Vormittag gemeinschaftlich an meinem Lager sitzen blie- ben. Man deckte mich zu, man versuchte, mich in Schweiß zu bringen, meine Mutter bereitete allerhand Limonaden, und auch Lilli fragte von Zeit zu Zeit, wo- durch sie meinen Zustand erleichtern könne. Doch ich schüttelte nur den Kopf und starrte sie unver- wandt an.

Also diesen Vormittag, dachte ich mir, war sie

274

allein. Diesen Vormittag wenigstens hielt sie ihr Versprechen, den unseligen Eindringling nicht wieder sehen zu wollen. Vielleicht aber hatte sie eine andere Stunde mit ihm verabredet. Vielleicht an einem verschwiegenen Platz — weit draußen vor dem Tor, vielleicht in seiner eigenen Wohnung. O, wenn nur meine Mutter sich entfernt hätte; aber die alte Frau blieb sorglich an meinem Lager sitzen, und so konnte ich mit meinem Weibe nur gleichgültige Worte wechseln.

Immer heißer begann das Fieber durch meinen Körper zu sausen, die Zähne klapperten mir im Munde, und doch fühlte ich mit einem merkwürdigen Behagen, wie mein Mut und meine Tatkraft stündlich wuchsen. Es war, als wenn die krankhafte Glut das Lebensfeuer, das nur so schwach in mir glomm, zu hellen lobernden Flammen entzündet hätte.

Am Nachmittag endlich verließ uns die alte Frau, um sich in ihrer eigenen Wohnung ein wenig zur Ruhe zu legen. Diese Zeit mußte ich benutzen. Bittend ergriff ich Lillis Hand und begann zu quälen und zu flehen.

„Nicht wahr, Lilli, du denkst an dein Versprechen? Nicht wahr, geliebtes Kind, ich kann mich doch fest darauf verlassen?"

Sie wandte ihr Haupt von mir ab und nickte widerwillig. Diese Erinnerung hielt sie augenscheinlich für unzart und schwächlich.

Jedoch ich vermochte es nicht anders. Jede Klugheit, jede Rücksicht war vor der brennenden Qual, die mich aufrieb, von mir gewichen.

„Und nicht wahr, Lilli, du wirst während dieser drei Tage das Haus nicht verlassen?" fuhr ich fort. „Das wenigstens mußt du mir zu meiner Beruhigung zugestehen. Wie? Willst du das?"

Von neuem schien es mir, als ob um ihren zuckenden Mund ein deutliches Zeichen des Überdrusses glitte, und doch äußerte sie kurz und knapp:

„Wenn es dir gut scheint, so soll auch das geschehen. Aber nun, Karl, laß das alles ruhen, ich habe dich ja erst gestern darum gebeten."

O, ich wußte, warum sie von neuem Schweigen von mir forderte. Ich sollte nicht einmal seinen Namen nennen, den geliebten Namen, nach dessen Träger sie sich in Sehnsucht verzehrte.

„Du sollst den Namen des Herrn, deines Gottes, nicht mißbrauchen!" Haha, ich hätte laut kichern mögen. Frau Isolde saß am Lager ihres kranken Gesponsen und sehnte sich nach ihrem Tristan.

Eine bohrende Wut stieg in mir auf. Ich hätte in ohnmächtigem Zorn um mich schlagen mögen, daß ich so sichtlich und fortgesetzt verhöhnt, betrogen und getäuscht werden sollte.

Wortlos betrachtete ich Lilli eine ganze Zeitlang, und da — da stieg es zum erstenmal in mir auf; eine unheimliche Freude befiel mich bei dem Gedanken: „Wenn dieses Weib tot vor dir läge, dann wärst du aller Sorgen los und ledig; der Tod ist der eigentliche Liebhaber, den sie braucht, der wird sie festhalten und behüten."

Ich preßte plötzlich beide Hände vor die Augen, um davon loszukommen, denn ich schauderte von ganzer Seele.

„Lilli, erzähle etwas," bettelte ich.

Nichts wünschte ich sehnlicher, als von diesem blutroten Bilde getrennt zu werden.

Jedoch Lilli empfand keine Neigung, jetzt mit mir zu plaudern, und so brütete ich weiter. Immer von neuem mußte ich sie ansehen und mir vorstellen, wie sie sich wohl ausnehmen würde, wenn ich sie hingestreckt hätte.

Und mit was würde ich sie richten?

Natürlich, da blitzte ja vor mir auf dem Tisch das Dolchmesser, das mir ihr Geliebter selbst gebracht und das ich vorhin noch zum Aufschneiden gehefteter Bücher gebraucht hatte. Es lag da, und das rote Rubinauge seines Griffes schielte zu mir herüber.

Entsetzen packte mich.

„Lilli, ich bitte dich, sprich zu mir!" schrie ich in meinem Wahn. Allein mein Wunsch schien nur ihren Widerspruch herauszufordern, denn sie erhob sich und schritt nach der Tür.

„Ich bin selbst zu sehr ermüdet, Karl," äußerte sie abweisend, „und für dich ist es besser, wenn du jetzt ein wenig allein bleibst."

Damit verschwand sie hinter dem Türbehang.

Welch ein herzloses, fürchterliches Verbrechen, mich jetzt mit meinen roten Gedanken zu verlassen! Ich warf die Decke von mir, richtete mich auf und schlich zu meinem Schreibtisch. Wie ein Verzweifelter rang und kämpfte ich mit den schlimmen Vorsätzen, die mich unausgesetzt stachen wie eine Schar giftiger Insekten.

O Gott, hab' doch Erbarmen mit mir! Ein wenig Mitleid!

Dumpf brütete ich an meinem alten Platz vor mich hin. Hier hatte früher der große Follant gelegen, den man mir ebenfalls geraubt, oder vielmehr, den man vor mir in Sicherheit gebracht hatte. Ich war eben zu nichts mehr nutz.

Oder bestand der ganze Unsegen, der mein Haupt umwitterte, nur darin, daß das betrügerische Weib

an meiner Seite lebte? Würde das schwarze Ver-
hängnis, das mir näher und näher schritt, vielleicht
weichen, wenn ich sie von mir entfernt hätte?

Und wieder war es mir, als öffne sich an dem
Griff des Dolchmessers, das hinter mir funkelte, das
große Götzenauge, um durchbringend und ermunternd
zu mir herüberzublinzeln.

Diese eine entsetzliche Idee wich nicht mehr von mir.

„Wenn es möglich ist, daß du anhaltend hinter-
gangen und belogen wurdest," so zischelte es in mir,
„wenn sie wirklich nur Sinn hat für grobe und bru-
tale Freuden, dann schaff' sie fort. Dann richte sie
dafür, daß sie mit frevler Hand an deine Ehre getastet,
dann schone sie nicht länger, dann betrüge den anderen um ihren weißen Leib! Wie wohlig warm wird
ihr Blut über deine Finger rieseln und alle Schmerzen
von dir fortwaschen, die du um sie gelitten. Wie schön
wäre es, wenn du sie mitten aus ihrer Buhlschaft
herausreißen und der Vergeltung überweisen könntest."

Dabei schüttelte ich mich vor widerspruchsvollem
Vergnügen, und unausgesetzt schielte das böse Rubinauge listig zu mir herüber.

XIX.

Ein Tag war vergangen. Einer von den dreien war endlich herumgerollt. Am Morgen des zweiten erschien Professor Wächter in meinem Zimmer, der berühmte Nervenarzt, derselbe, der mich jetzt so unerbittlich in meiner Zelle gefangen hält.

Die Frauen hatten ihn hinter meinem Rücken meines erregten Zustandes wegen rufen lassen.

Er setzte sich zu mir und begann ganz harmlos mit mir zu plaudern, und doch merkte ich, wie mich seine schwarzen Augen dabei gespannt beobachteten. Das verwirrte mich immer mehr. Zuletzt schüttelte er mir wohlwollend die Hand und riet mir bringend Schonung und Ruhe an.

„Wir haben uns die Nerven ein wenig zu sehr überanstrengt, mein lieber Professor," warf er im Plauderton hin, „also eine Zeitlang das Arbeiten einstellen und viel spazieren gehen, verstanden?"

Ich rückte ungemütlich in meinem Stuhl hin und her.

„Ja, ja," zwang ich mir endlich ab, „mein Vater litt ja auch an derartigen Fiebererscheinungen. Sollte so etwas erblich sein?"

280

Der Nervenarzt kehrte sich an der Tür noch ein=
mal zurück und warf mir einen erstaunten Blick zu.

„Bewahre,“ tröstete er dann endlich, „Sie kön=
nen ganz unbesorgt sein. Nur große Ruhe, hören
Sie?“

Mit einem freundlichen Gruß entfernte er sich,
und unmittelbar darauf schob sich Onkel Holm zur
Tür herein. Er trug in seinen großen Fausthand=
schuhen einen kleinen Strauß weißer Schneeglöckchen,
den er mir triumphierend entgegenstreckte.

„Da, Korl,“ keuchte er, „dat sünd die ersten.
Die Biesters kraufen ja beinahe durch dat Eis durch.
Ich hab' sie dich zu deine Verlustigung un Ergötzung
mitgebracht.“

Er ließ sich breitbeinig vor mir auf einen Stuhl
nieder. „Nu sag' eins, wie geiht di dat?“

Wehmütig drückte ich mein Antlitz in den Blumen=
strauß; vielleicht konnten diese zarten Blüten die Hitze
meiner Stirn kühlen, vielleicht konnten diese ersten
Grüße des anhebenden Frühlings die wilden Gedanken
verscheuchen, welche zerstörend in meinem Hirn kreisten.

„Korl, du sühst aberst slecht aus,“ meinte Onkel
Holm in seiner gewohnten gemütlichen Art. „Weiß
der Deuwel, dat scheint in die Luft zu liegen. Vorhin
bün ick Jensen begegnet, der sühт auch so miserablig

aus. Ja, richtig, Jensen," hielt er an, „wat ick dich sagen wollt', Korl; der fährt nu auch all übermorgen ab, zunächst nach Hamburg. Na sühst du, mein Jünging, dat hab ick- dich doch gleich gesagt. Nu slag dir man den ganzen Kram aus'n Kopp."

So saß der gutmütige alte Mann beinahe eine Stunde mir gegenüber und erzählte alle möglichen Geschichten, aus der Stadt wie aus der Umgegend, von denen er meinte, daß sie mich interessieren und erheitern könnten. Doch endlich fühlte er wohl, daß mir Ruhe am nötigsten sei, und humpelte zum Schluß brummend und auf die Ärzte schimpfend aus meiner Studierstube hinaus.

Da war ich wieder allein — allein mit mir und mit meinen bösen Gedanken.

Als meine Mutter mich besuchte, fragte ich sie nach Lilli.

„Warum kommt sie denn nicht ein wenig zu mir?"

Und die Alte entgegnete, daß meine Frau ein paar Besorgungen in der Stadt zu machen habe.

Verbittert fuhr ich auf: „Sie ist wirklich ausgegangen?"

„Ja gewiß," erwiderte meine Mutter verwundert, „sie muß doch ein bißchen die frische Luft genießen.

Sieh doch, mein Sohn, wie schon die Sonne durch das Fenster scheint."

Ja, es wollte Frühling werden, aber mein düsterer Sinn glitt immer mehr in Nacht und Finsternis hinunter. Ich grübelte weiter.

Sie hatte ihr Versprechen also nicht gehalten; sie, die sonst stets ihr Wort heilig erachtete, hatte es diesmal gebrochen und war aus dem Hause entwichen. O, ich wußte es ja, ich hatte es ja sofort geahnt. Wie sehr ich auch flehte, was ich auch vorbrachte und bat, es zog sie eben übermächtig zu ihm. Kaum gehört, waren meine Worte vor ihr verhallt. Frau Isolde mußte sich an ihren Tristan schmiegen, solange er noch hier weilte.

„Karl, wird dir wieder schlechter?" fragte meine Mutter besorgt.

Ja, ja, es wurde mir schlechter, viel schlimmer; alles zuckte und sprang in mir, ich fühlte, wie ich nicht mehr Gebieter über das geringste Glied meines Körpers sei.

Was in den nächsten Stunden mit mir vorging, weiß ich nicht mehr.

Ich erinnere mich nur dunkel, daß ich auf meiner Chaiselongue hingestreckt lag und mit der mexikanischen Waffe spielte, die ich jetzt für meine einzige Ergötzung hielt.

Wie merkwürdig die Sonne in dem roten Rubin wiederstrahlte. Es war beinahe, als wenn das Auge wohlgefällig nach mir hinlachte.

So trieb ich es stundenlang. Zuweilen meinte ich, es quöllen dicke graue Nebel in das Zimmer herein. Und dann glaubte ich allerlei Gestalten und Figuren in den auf und nieder webenden Wolken zu sehen. Merkwürdig! Merkwürdig! Immer deutlicher formten sich diese Bilder. Ich hätte darauf schwören können, ich sähe meinen Vater in seiner Schiffertracht und mit seinem blassen, unheimlichen Antlitz durch das Zimmer schreiten, und dann war es wieder ein Mönch, welcher den großen Folianten vor sich hertrug, den ich übersetzen sollte.

Der Schweiß floß mir stromweise aus den Poren. Gegen Abend legte sich das Fieber, und als die Lampe angezündet war, erschien auch mein Weib bei mir. Vergeblich hoffte ich, sie würde mir von ihrem Ausgang erzählen, doch sie überging alle meine Andeutungen mit gänzlichem Stillschweigen, wie wenn sie meine Aufregung nicht verstände.

O sicherlich, sicherlich, sie war wieder bei ihm gewesen. Wer weiß, welche überschwänglichen Liebkosungen sie erduldet und ausgeteilt hatte. Denn wahrlich, dieses Weib mußte beglücken können. Erst jetzt erkannte ich das mit meinen fiebernden Augen recht aus dem Grunde. Ihre Wangen, die gestern so erblaßt und geisterhaft schienen, waren heute wieder zart gerötet, ihre Augen strahlten wieder jenes betörende dunkle Blau.

Nein, ich ließ mich nicht mehr täuschen, durch nichts mehr länger hintergehen, selbst durch ihre plötzlich aufwallende Zärtlichkeit nicht. Denn unvermutet beugte sich die Gestalt meines Weibes über mich und schlang beide Arme um meine müden Schultern.

„Karl," flüsterte sie, „werde mir nur schnell wieder gesund, das ist ja jetzt mein einziger Wunsch; nicht wahr, so hart wirst du mich doch nicht bestrafen?"

Und dann schmiegte sie sich an mich, daß ich all ihre weichen Glieder fühlen konnte, und küßte mich zart auf beide Augen; eine Träne fiel dabei auf mein Antlitz.

Da lag ich und schloß vor Verzweiflung, Mattigkeit und bohrender Gewissenspein die Augen.

Was sollte ich glauben? Was sollte ich hoffen?

„König Marke," schrie es in mir, „sei wachsam!"

*
*

So brach der letzte Tag an.

Jener schwarze Tag, an dem die Sonne von meinem Himmel herabstürzte, wo alles um mich her zugrunde ging.

Es war am Vormittag. Lilli weilte mit mir und meiner Mutter im Speisezimmer. Wir lasen die Zeitung, während die alte Frau, mit ihrer Häkelei beschäftigt, am Fenster saß.

Eine friedliche Stille lag über dem Zimmer. Die Sonne fiel durch die herabgelassenen Gardinen und malte die Muster des Gewebes auf die Dielen.

Von den gegenüberliegenden Dächern hörten wir das Herabträufeln des schmelzenden Schnees, und im Sonnenlicht funkelten die fallenden Tropfen wie kleine Gold= und Silberkugeln.

So verging eine geraume Zeit. Von der nahen Nikolaikirche meldete die Turmuhr die elfte Stunde.

Noch höre ich die mächtigen Schläge durch die Luft rollen, denn es war das Grabgeläut meines Daseins, die Totenglocke für meine ganze Existenz.

Und im selben Moment wurde Lilli unruhig. Da ich sie unausgesetzt hinter meiner Zeitung beobachtete, so konnte ich feststellen, daß sie nur noch zum Schein in ihrem Blatte las. Sie wurde ungeduldig, sie warf, wenn sie sich unbeobachtet glaubte, forschende Blicke

nach meiner Mutter und mir und lugte dann ver=
stohlen nach dem Regulator an der Wand.

Unaufhörlich rückte der Zeiger. Sie schien es sehr
eilig zu haben.

Ich saß da, doch mir entging keine Bewegung.
Endlich erhob sich Lilli, und indem sie scheinbar gleich=
gültig das Zeitungsblatt zusammenlegte, äußerte sie
unbefangen zu meiner Mutter:

„Ich habe noch immer einen so dumpfen, ein=
genommenen Kopf, und da das Wetter so hell ist,
so möchte ich wieder ein wenig an die Luft gehen.“

Und mit einer leichten Wendung fügte sie hinzu:
„Willst du mich vielleicht begleiten, Karl?“

Sie sah mich dabei nicht an, und ich hatte das
bestimmte Gefühl, daß diese Frage nur hingeworfen
sei, um mich sicher zu machen und mich um so vollen=
deter zu täuschen.

Scheinbar unaufmerksam schüttelte ich das Haupt:
„Nein, nein, mein Kind, ich bleibe bei der Mutter.“

„Nun, wie du willst. In einer Stunde bin ich
zurück.“

Also in einer Stunde. Sie schien gar keinen Wert
darauf zu legen, daß sie mir versprochen hatte, unser
Haus während dieser drei Tage unter keinen Um=

ständen zu verlassen. Sie tat, als ob dies Wort überhaupt nicht zwischen uns gefallen wäre.

Ruhig verließ sie das Zimmer und kehrte nach einiger Zeit in ihrem Winterkostüm wieder zurück, um sich von mir und meiner Mutter zu verabschieden. Beiden reichte sie uns mit ihrer gewohnten Gleichmäßigkeit die Hand.

O, wie ich dieses zielbewußte Weib heimlich beneidete. Mit einer Art scheuer Bewunderung ließ ich sie ihren Weg antreten, obwohl ich wußte, daß sie binnen einer Stunde durch das schwarze Tor gewandert sein würde, das keine Wiederkunft gestattet.

„Auf Wiedersehen, Mama! Guten Tag, Karl!" warf sie noch einmal leicht zurück.

Dann war ich mit meiner Mutter allein.

Wieder waltete die friedliche Stille, die mir so wohl tat, in dem weiten Zimmer. Die Sonne malte wie vorhin ihre Blumenmuster vor meine Füße, und laut und tönend fielen die Gold- und Silberkugeln von den Dächern auf die Straße.

War es möglich, daß in diesem Idyll ein Mann saß, der seinen höchsten Ehrgeiz darin suchte, binnen kurzem ein Mörder zu sein?

Heute ist mir dieser ganze Zustand unfaßlich.

Mein Herz klopfte nicht ein Atom schneller als

sonst. Das Fieber war vollständig von mir gewichen. Ich hätte mich jetzt an meinen Schreibtisch setzen und mit vollster Überlegung die schwierigsten Arbeiten ausführen können. Nie war mein Verstand klarer, meine Überlegung heller gewesen. Am merkwürdigsten aber erscheint es mir heute, daß ich mich gar keinen Spekulationen über meine Tat mehr hingab. Es war mir einfach, als müßte ich sie vollziehen, als wäre mein Vorhaben genau so einfach, wie wenn ich ein schlechtes ausgelesenes Buch in den Papierkorb zu werfen hätte.

Als mein Weib uns etwa fünf Minuten verlassen hatte, äußerte ich zu meiner Mutter den Wunsch, ebenfalls die frische Luft ein wenig zu genießen; und da die alte Frau meinte, warum ich nicht Lilli begleitet hätte, so entgegnete ich, daß ich sie einzuholen versuchen würde.

Eilfertig warf ich mich dann mit ihrer Zustimmung in meinen Pelz und setzte mir den Zylinder auf, wie wenn es zu einem Fest ginge. Dann reichte ich meiner Mutter die Hand, alles ohne das sichere Gefühl, daß es sich um einen Abschied auf Leben und Tod handle, und begab mich wie zufällig noch einmal in mein Arbeitszimmer. Dort lag auf dem Schreibtisch die mexikanische Waffe, die ich im Moment für meinen besten Freund hielt. Rasch steckte ich sie zu mir und schritt hastig die Treppe hinunter.

Nun befand ich mich auf der Straße. Sofort schlug ich durch Seitengassen den Weg ein, der zu dem Hause des Kapitän Jensen führen mußte. Und richtig, nachdem ich beinahe im Laufschritt bis zum Hafen gelangt war, entdeckte ich in einiger Entfernung die Gestalt meines Weibes, welches ganz langsam, ja sogar zögernd dahinschritt.

Ich hatte mich also nicht getäuscht.

Jetzt hieß es vorsichtig sein. Ich drückte mich an den Häusern entlang und hemmte ebenfalls meinen Schritt, als wenn es sich um einen harmlosen Spaziergang handele.

Allein Lilli wandte sich nicht zurück. Unentschlossen, ja widerwillig schien sie ihren Weg zu verfolgen.

Mich aber durchdrang nicht die geringste Angst, alle Furcht war von mir entwichen, eine Klarheit umgab mich, die mich immerfort selbst in Erstaunen setzte. Unausgesetzt hatte ich das Gefühl, als führte ich nur etwas aus, was ein anderer erdacht hätte. Und während ich mitten im hellen Sonnenschein auf die Chaussee hinaustrat, glitt noch einmal mit voller Klarheit mein ganzes Dasein an mir vorüber. Das also war das naturnotwendige Ende des abgesperrten, harmlosen Büchermenschen, der das Leben und das Weib nicht kannte und den eine beklemmende Furcht abgehalten hatte, beides mit Liebe zu ergründen. Die Furcht lebte aber nur deshalb in ihm so mächtig, weil er ahnte, von beiden verworfen zu werden, vom Leben sowohl wie vom Weibe, und weil er wußte, daß sie beide der dicken Staubschicht, die über ihm lagerte, spotteten.

Jetzt befand sich derselbe Mann auf dem Wege, um wieder etwas zu vollziehen, was das Leben gewiß nicht billigte.

Hier brachen alle meine Überlegungen ab, denn Lilli führte eine Wendung aus und befand sich nun etwa noch dreißig Schritt von dem Hause ihres Geliebten entfernt. Jetzt galt es.

Sollte ich es wirklich vollenden?

Einen Augenblick schoß mir das Blut in die Schläfen. Einen vorüberschießenden Moment hämmerte es mir im Hirn, daß ich glaubte, man poche mit eisernen Fäusten an meinen Schädel. Aber dann wurde alles wieder um mich ruhig und klar.

Jetzt hieß es abwarten, was sie tun würde.

Meine Frau wandte sich nicht. Nachdenklich blieb sie an den niedrigen, grünen Holzzäunen stehen und pflückte gedankenvoll ein paar der dünnen kahlen Reiser ab, welche dort hervorschossen. Dann wandelte sie wieder beinahe unlustig einige Schritte weiter.

Fünf Schritte noch bis zu Jensens Tür.

Und da — da entdecke ich unvermittelt, daß er selbst am Fenster steht und hinausspäht.

O — er erwartet sie also augenscheinlich.

Noch einen Schritt führt sie aus.

Das war ihr letzter.

Er erwartet sie — er erwartete sie. Mir ist es, als wenn ein durchbringendes Signal vor meinen Ohren schmettert.

Alles fließt über mir und in mir zusammen, wie in einer grandiosen, gewaltigen Melodie. Vor meinen Ohren höre ich Glockengeheule. Über meinem Haupte Meeresrauschen, wie ein Ertrinkender. Der Boden zittert und schwankt unter meinen Füßen. Wie um mich zu halten, greife ich nach dem Dolch in meiner Tasche und hebe ihn hoch über mich in die Luft.

Über den taumelnden Erdboden hinweg springe ich auf sie zu. Sie stößt einen lauten Schrei aus.

Eine Sekunde lang ist es mir noch, als hätte ich mich ebenso gut über sie werfen und sie mit meinen Küssen ersticken mögen.

Dann ein blauer Blitz. — Eine sprühende Röte umgibt mich, und alles ist zu Ende.

XX.

Sollte es wirklich Wahrheit sein? Ich habe mich solange dagegen gewehrt, jetzt schwinden mir beinahe die Kräfte, länger zu widerstehen. Und ich fange an zu glauben.

Ich habe ja auch keinen Ehrgeiz mehr, nicht einmal den Ehrgeiz, der Rächer meiner Ehre gewesen zu sein.

Nicht einmal das.

Seit vielen Monaten habe ich nichts mehr in dies Buch geschrieben.

Schlaff und matt liege ich schon wochenlang in meinem Bett, und Professor Wächter tut alles, um mir den Aufenthalt in seinem eleganten Irrenhause behaglich zu gestalten.

Sollte es wirklich wahr sein, was er mir schon so oft erzählt, daß ich damals an dem Gartenzaun, über den die kahlen Akazien herübernicken, von einem

entsetzlichen Nervenfieber befallen worden sei, und daß
ich die einzige Tat meines Lebens, gerade als ich
sie bis zur Höhe geführt hatte, ungeschehen lassen
mußte?

Professor Wächter sagt, ich hätte in blindem Wahn
hoch über meinem Weibe ein Dolchmesser erhoben und
wäre dann plötzlich vor ihr, wie vom Blitz getroffen,
zusammengestürzt und von dem Kapitän Jensen fort-
getragen worden.

Am nächsten Tage hätte ich mich hier in dem
gastlichen Hause des Nervenarztes befunden.

Er spricht so eindringlich zu mir, der Mann mit
dem Christusantlitz.

O weh, ich fange an zu glauben, Lilli lebt. Und
ich, ich bin der Gestorbene.

Der in seiner Schwäche Dahingefahrene.

Ich höre, mein Weib erscheint fast jeden zweiten
Tag in der Anstalt, um sich nach meinem Ergehen
zu erkundigen. Immer in demselben schwarzen Kleide,
das ich so wohl an ihr kenne. Professor Wächter sagt,
ihr Vater sei gestorben und sie lebe noch immer still

in unserm Schifferhäuschen, einzig mit der Pflege meiner kränkelnden Mutter beschäftigt.

Auch Onkel Holm soll sich häufig herbemühen. Er ist ein gern gesehener Gast bei den Assistenzärzten, denen er unumwunden seine Verachtung ausdrückt.

Aber ich will meine Lieben nicht wiedersehen.

Sie sollen mich nicht in meiner Hilflosigkeit bemitleiden.

Von Jensen hat man nichts mehr vernommen. — Das Nordland hat ihn verschlungen.

✳

Ich glaube, ich werde sterben.

Gestern träumte ich davon. Da war es mir, als hätte ich mich aus meiner Matratzengruft erhoben und wandelte einen unendlichen Berg hinan, in immer reinere Luft, in immer strahlendere Helle. Und oben, ganz oben in azurner Bläue ragten zwei Gestalten in die Höhe, ein Mönch, der wie Moses einen ungeheuren Folianten in erhobenen Händen hielt, und zu seinen Füßen dahingekauert mein Weib mit ihren entfesselten blonden Haaren, die dunklen Augen gläubig zu ihm erhoben. Hinter den beiden Gestalten aber stand unverrückbar die ungeheure Sonnenscheibe, so daß die beiden Körper wie auf Goldgrund gemalt schienen.

Heilig! Heilig!

Und der Mönch las mit lauter Stimme den uralten Reim aus seinem Buch:

> „Wissenschaft und Kunst
> Sind Gottes Gunst,
> Sind weiß und rein,
> Fordern ein Leben ganz allein."

Da stand ich und faltete andächtig die Hände. Ja, jetzt weiß ich, das war der verlorene Inhalt meines Lebens. Ich werde sterben.

Sela!